KB124054

한밤의 도박

한밤의 도박

초판 인쇄	2024. 1. 24.
초판 발행	2024. 1. 31.
저자	아르투어 슈니츨러
역자	남기철
발행인	이재희
출판사	빛소굴
출판 등록	제251002021000011호.(2021. 1. 19.)
팩스	0504-011-3094
ISBN	979-11-93635-01-8(03850)
이메일	bitsogul@gmail.com
SNS	www.instagram.com/bitsogul
홈페이지	www.bitsogul.com

한밤의 도박

아르투어 슈니츨러 지음

남기철 옮김

일러두기

- 각주는 옮긴이가 작성하였습니다.

차 례

1장

"소위님……! 소위님……! 소위님!"

젊은 장교는 자기를 부르는 소릴 세 번 듣고서야 잠에서 깨면서 몸을 움직였다. 그는 팔과 다리를 펴면서 고개를 방문 쪽으로 돌렸다. 아직 잠이 덜 깬 그가 베개를 베고 누운 채 중얼거렸다. "무슨 일이냐?" 소위는 어두운 문틈으로 얼굴을 비죽 내밀고 서 있는 당번병을 보자 정신이 들면서 소리를 질렀다.

"젠장, 새벽부터 웬 소란이야?"

"소위님, 밖에 어떤 분이 소위님을 찾아오셨습니다."

"누군데? 도대체 지금 몇 시야? 일요일엔 깨우지 말라고 하지 않았나?"

당번병이 침대로 다가오더니 빌헬름에게 명함을 내밀었다.

"이 바보야, 내가 올빼미냐? 이렇게 어두운 데서 글자가 보이겠어? 커튼을 걷어!"

소위의 명령이 떨어지기도 전에 요제프는 때가 잔뜩 낀 흰색 커튼을 걷어 젖혔다. 침대에서 상체를 반쯤 일으킨 소위는 명함을 보고 나서 이불 위로 내던졌다. 그리고 명함을 다시 내려다보더니 헝클어진 짧은 금발을 손가락으로 어루만지면서 생각했다. 이 친구를 그냥 돌려보낼까? 아냐, 그건 안 돼! 그럴 이유는 없지. 들어오라고 한다고 해서 내가 이 사람과 친한 사이라는 얘긴 아니잖아. 게다가, 빚이 많다는 이유만으로 전역하게 된 동료인데. 다른 장교들은 운이 좋아서 부대에 남아 있을 뿐이지. 그런데 나를 보자는 이유가 뭘까? 소위가 당번병을 바라보며 물었다.

"그래, 그 중위, 보그너 씨는 어때 보이던가?"

당번병이 조금 안됐다는 표정으로 엷은 미소를 띠며 대답했다.

"보고드리자면, 소위님, 그 중위님에겐 군복이 더 어울립니다."

잠시 입을 다물고 있던 빌헬름이 침대에서 자세를 바로잡으면서 말했다.

"들어오시라고 해. 그런데, 그분, 중위님에게 내가 아직 옷을 제대로 입지 못했으니 양해 바란다고 말씀드려. 그리고 내 말 잘 들어. 다른 장교들이 나에 대해 물으면 숙소에 없다고 말해. 알겠지? 훼히스터 중위나 벵글러 소위 또는 중대장 등, 누구에게든 그렇게 대답해."

당번병 요제프가 방문을 닫고 나가자 빌헬름은 황급히 셔츠를 입고 빗으로 머리를 가다듬고는 창가로 갔다. 밖을 내려다보니 연병장은 한산한 가운데 검은 모자를 깊이 눌러 쓴 옛 동료가 고개를 떨구고 서성대는 모습이 보였다. 그는 단추도 없는 누리끼리한 재킷을 걸치고 먼지투성이 갈색 단화를 신었다. 그런 모습을 보자 빌헬름은 마음이 아팠다. 창문을 연 빌헬름이 그를 향해 손을 흔들면서 소리 내어 부르려는 순간, 당번병이 그 손님에게 다가갔다. 옛 동료는 빌헬름의 답변을 초조한 마음으로 기다리느라 긴장한 기색이 역력했다. 긍정적인 답변을 들은 보그너의 얼굴에 화색이 돌면서 당번병과 함께 빌헬름이 서 있는 창가 아래쪽 출입문으로 들어섰다. 빌헬름은 마치 보그너와 극비리에 의논할 일이 있기라도 한 양 창문을 굳게 닫았다. 그러자 갑자기, 숲의 향기와 이른 봄의 향기가 사라졌다. 휴일 아침 시간이면 연병장으로 가득 밀려오는 이 향기는 이상하게도 평일에는 전혀 맡을 수 없었다. 빌헬름은 생각했다. 오늘은 무슨 일이 있어도—특별한 일이 뭐 있겠어?—바덴에 가서 슈타트 빈 레스토랑에서 점심을 먹을 것이다. 지난번처럼 케스너 씨 가족이 식사하고 가라고 붙잡지만 않으면.

"들어오게!" 옛 동료 장교가 방으로 들어서자 빌헬름이 요란스럽게 반가워하면서 손을 내밀었다.

"보그너, 그동안 잘 지냈어? 다시 만나서 정말로 반갑군. 외투 벗지 않겠어? 자, 내 방 한번 둘러봐. 예전과 달라진 거 하나도 없어. 방이 더 넓어지지도 않았고. 하기야 쪼끄만 오두막에서라도 얼마든지 행복하게……."

빌헬름이 횡설수설하면서 지껄이자 오토가 환한 미소를 지어 보였다. 그는 빌헬름이 불편한 마음을 벗어던지도록 이렇게 받아넘겼다.

"쪼그만 오두막집의 행복이 떠오를 만큼 즐거운 때가 자주 있나 보군."

그러자 빌헬름이 필요 이상으로 크게 웃으면서 대꾸했다.

"유감스럽게도 그렇지 못해. 요즘 외톨박이 신세로 지내거든. 솔직하게 말하지. 6주가 지나도록 이 방에는 여자의 발길이 단 한 번도 닿질 않았어. 나에 비하면 금욕주의 철학자 플라톤은 바람둥이였다고 할 수 있을 거야. 어쨌거나, 이리 좀 앉아."

빌헬름이 의자 위에 있던 속옷들을 침대로 옮겼다.

"커피 한 잔 마셔야지?"

"고마워, 카스다. 신경 쓸 것 없어. 아침은 벌써 먹었어…… 괜찮으면 담배나 한 대……."

빌헬름은 오토가 제 담배통에서 담배를 꺼내려는 것을 말리며 탁자를 가리켰다. 담배가 든 담뱃갑이 탁자 위에 놓여 있었다. 빌헬름이 담배에 불을 붙여주자 오토는 말없이 몇 모금 빨면서 시선은 눈에 익은 그림으로 향했다. 까만 가죽 소파 위쪽의 벽에 걸린 그림으로, 아주 오래전 시대의 장애물 승마 경기를 담은 그림이었다.

빌헬름이 입을 열었다.

"자, 이젠 네 얘기 좀 해봐. 그간 어떻게 지낸 거야? 왜 아무 소식도 없었어? 2년 전인가 3년 전에 헤어질 때, 내게 약속했잖아. 가끔……."

오토가 빌헬름의 말을 가로챘다.

"아무 소식도 전하지 않은 게 더 나았어. 오늘도 여기 오지 않았더라면 더 좋았을 걸 그랬어."

오토는 그렇게 말한 뒤 낡은 책들이 쌓여 있는 소파의 한쪽 구석에 털썩 주저앉았다.

"빌리[1], 너도 짐작하겠지만," 오토가 다급하게 날카로운 목소리로 말을 이었다. "내가 이른 아침 시간에 찾아온 건…… 네가 일요일엔 늦잠 자는 걸 알지만, 그럼에도 찾아온 건 당연히 목적이 있어서야. 그렇지 않았으면 찾아오지 않았을 거야. 단도직입적으로 말해서 우리의 옛 우정에 호소하러 왔어. 물론 나는 동료애를 운운할 자격도 없는 사람이지만 말이야. 빌리, 그렇게 당황할 필요는 없어. 위험한 일은 아니니까. 돈 몇 푼만 있으면 해결되는 일이야. 내일 아침까지 꼭 필요해. 그게 안 된다면 내게 남은 것은……."

오토가 장교 시절처럼 큰 목소리로 외쳤다.

"아, 어쩌면 2년 전에 진작 저질러야 했던, 가장 현명한 방법밖에는 없는 거지."

"너, 도대체 무슨 소릴 하는 거야?"

황당한 소릴 들은 빌헬름이 못마땅하다는 어투로 가만히 물었다.

---

1 "빌헬름"을 친근하게 부르는 말.

당번병이 아침 식사를 가져다 놓고 바로 나갔다. 빌리가 차를 따랐다. 그는 입맛이 썼으며 아직 세수도 하지 못해서 기분이 개운치 않았다. 그는 기차역으로 가는 길에 사우나에 들를 참이었다. 약속이 있는 날도 아니기에 정오경에 바덴에 도착하기만 하면 된다. 물론 그가 바덴에 늦게 도착하거나 아예 가지 않는다 해도 카페 쇼프에 앉아 있을 신사들이든 케스너 양이든 빌헬름의 부재를 의식할 사람은 없을 것이다. 어쩌면 용모가 썩 괜찮은 케스너 양의 어머니조차도 빌헬름이 안 보인다고 신경 쓰거나 마음 불편해하지 않을 것이다.

"자, 차 좀 마셔." 아직 찻잔에 입도 대지 않은 오토에게 빌헬름이 말했다. 그러자 오토가 급하게 한 모금 마시더니 당장 본론을 꺼냈다.

"간단히 말해서, 어쩌면 아는지 모르지만, 나는 3개월 전부터 전기 설비 관련 회사에서 경리 사원으로 일하고 있어. 하긴 네가 그 사실을 어찌 알 수 있었겠어? 내가 결혼을 했고 네 살 난 아들이 있다는 사실도 몰랐을 거야. 그 아이는 내가 여기서 너희들과 함께 근무하던 시절에 태어났어. 부대 내에선 아무도 몰랐지. 아, 아이를 키우던 시절, 난 정말 힘들었어. 내 처지를 상상이나 할 수 있겠어? 지난겨울엔 녀석이 너무 아파서 특히 힘들었지. 자세하게 얘기해 봐야 재미도 없을 테고……. 그래서 나는 회사 금고에서 두서너 번 돈을 가져다 썼지. 그러고는 어김없이 돈을 금고에다 제때 채워놓았어. 그런데 이번에 액수가 좀 컸어. 그리고 생각지도 못했던 사태가……."

빌헬름이 티스푼으로 차를 젓는 동안 오토는 잠시 말을 멈추더니 다시 입을 열었다.

"정말 재수 없는 일이 벌어졌어. 우연히 들은 얘긴데, 이번 주 월요일에 회사에서 회계 감사를 한다는 거야. 내가 일하는 곳은 회사의 지부라서 입출금 규모가 작은 편이지. 내가 잠시 가져다 쓴 돈도 실은 시시한 금액이야. 고작 960굴덴[1]이라고. 그래, 1천 굴덴 가져갔다고 치자. 하지만 정확히 말하자면 960굴덴이야. 그 돈을 내일 아침 여덟 시 반까지 금고에 갖다 놓아야 해. 그렇지 않으면…… 아, 빌리, 동료애를 발휘한다 생각하고 네가 그 돈을 좀……."

그는 더 이상 말을 잇지 못했다. 빌리는 보그너가 부끄러웠다. 많지도 않은 돈을 회사 몰래 가져가 쓴 사실만으로 그런 느낌이 든 건 아니다. 옛 동료 장교가 공금을 횡령했다는 사실보다는 수년 전만 해도 혈기 왕성하고 당당하던 육군 중위 오토 폰 보그너가 창백한 얼굴로 소파 구석에 쭈그리고 앉아 눈물을 삼키느라 애를 쓰며 말을 잇지 못했기 때문이다.

빌헬름이 그의 어깨에 손을 얹으며 말했다.

"이봐, 오토, 갑자기 그렇게 평정심을 잃으면 안 되지."

옛 군대 동료가 격려의 말을 해주지는 못할망정 나무

---

1 독일어권의 옛 화폐 단위.

라는 듯이 대꾸하자 오토는 침울하고 놀란 표정으로 빌 헬름을 쳐다보았다.

"그런데 문제는, 나도 돈이 없어. 지금 내 전 재산이 100굴덴 조금 넘어. 너처럼 정확하게 말하자면 120굴덴 이야. 내 전 재산을 네가 다 가져가서 써도 돼. 그리고 우리 둘이 좀 애를 써보면 방법을 찾을 수 있겠지."

오토가 그의 말을 막으며 이렇게 말했다.

"이미 별의별 짓을 다 해봤을 거라는 거 너도 상상할 수 있을 거야. 쓸데없이 골머리를 썩이며 방도를 찾는 건 시간 낭비일 뿐이야. 난 이미 한 가지 아이디어를 내 서 너에게 제안하려고 온 거야."

빌헬름이 긴장하면서 그의 눈을 쳐다보았다.

"빌리, 네가 갑자기 나처럼 어려운 상황에 놓였다고 생각해 봐. 어떻게 하겠어?"

"무슨 소린지 모르겠군." 빌리는 오토의 질문에 시큰 둥한 반응을 보였다.

"물론, 나도 잘 알아. 너는 남의 금고에 손댈 사람이 아니니까. 게다가 그런 건 민간인들이나 저지르는 짓이 지. 그런데 말이지, 네가 만일 개인적인 사정으로 급하 게 돈이 필요하다면 말이야, 누구에게 도움을 청하겠 어?"

"미안해, 오토. 하지만 난 그런 생각을 해본 적 없고, 앞으로도 그래야겠지…… 물론 나도 빚을 진 적이 있 었어. 거짓말을 하고 싶진 않아. 지난달에도 훼히스터가 내게 50굴덴을 빌려주었어. 하지만 이달 1일에 바로 갚왔지. 사실 그래서 이번 달엔 형편이 좋지 못해. 그런데, 1천 굴덴이라…… 1천 굴덴…… 그렇게 큰돈을 어떻게 마련할지 전혀 모르겠는걸."

"정말로 모르겠어?" 오토가 그렇게 물으면서 빌헬름을 쏘아보았다.

"말했잖아."

"네 외삼촌은?"

"외삼촌?"

"로베르트 외삼촌 말이야."

"갑자기 외삼촌은 왜?"

"아니, 그거야 뻔한 거지. 외삼촌이 가끔 너를 도와줬 잖아. 네게 정기적으로 용돈을 준 사람도 외삼촌이고."

"그건 다 지난 일이야." 예전 동료의 적절치 못한 발언에 빌리가 화를 내면서 대꾸했다. "그뿐만이 아니야. 로베르트 외삼촌이 요즘은 좀 이상해졌어. 실은 외삼촌을 못 본 지 1년이 넘었다고. 지난번에 사소한 부탁이 있어서 갔을 때는, 외삼촌이 정말 그럴 줄은 몰랐어……. 나를 집 밖으로 내던지지만 않았을 뿐이었지."

"흠, 그런 일이 있었군." 보그너가 손으로 이마를 만지면서 말을 이었다. "그럼 외삼촌에게 부탁하는 건 절대 안 된단 말이지?"

"내 말을 믿기 바란다." 빌헬름이 목소리에 힘을 주어 말했다.

보그너가 갑자기 소파에서 일어나더니 탁자를 옆으로 밀고는 창가로 다가갔다.

"그래도 시도는 해봐야지." 보그너 역시 단호했다. "그래, 미안하다. 하지만 우린 한번 해봐야 해. 너에게 일어날 최악의 상황이라야 외삼촌에게 거절당하는 것 아니겠어? 어쩌면, 반가워하지는 않더라도 부탁을 들어줄 가능성이 있을지도 모르지. 네 입장 나도 이해는 해. 하지만 내가 내일 아침까지 돈 몇 푼을 마련하지 못해서 겪게 될 고통에 비하면 가벼운 불편일 뿐이야."

"물론 그럴 수도 있겠지." 빌헬름이 대꾸했다. "하지만 아무런 목적도 없는 불편을 겪는 거잖아. 가능성이 조금이라도 있다면 모를까……. 아, 너를 돕고 싶은 내 진심을 의심하지 않기를 바란다. 젠장, 다른 방도가 있어야 하는데 말이야. 예를 들어서…… 화내지 말고 내 말 좀 들어봐. 네 사촌 구이도가 생각나는군. 암슈테텐에 땅이 있다는 그 사촌은 어때?"

"빌리, 짐작하겠지만," 보그너가 차분한 목소리로 대답했다. "전혀 도움이 안 되는 사촌이야. 구이도가 도움을 주었다면 내가 여기에 오지도 않았겠지. 쉽게 말해서, 나에게 도움을 줄 인간이 이 세상 어디에도……."

그때 갑자기 묘안이 떠오른 듯 빌리가 손가락 하나를 들어 올렸다. 보그너가 기대에 찬 시선으로 빌리를 쳐다보았다.

"루디 훼히스터, 그 친구에게 부탁해 보면 어떨까? 몇 달 전에 유산을 상속받았다고 들었어. 2만 굴덴인가 2만 5천 굴덴인가 받았는데, 분명 아직 남은 돈이 있을 거야."

보그너가 이마를 찌푸리더니 망설이다가 대답했다. "훼히스터에겐 이미 3주 전에, 사태가 이렇게 급박하지 않을 때 편지를 썼어. 1천 굴덴보다 훨씬 적은 금액을 부탁했었는데, 답장도 없었지. 따라서, 너도 보다시피, 방법은 단 한 가지뿐이야. 너의 외삼촌."

빌리가 곤란하다는 듯이 어깨를 으쓱해 보이자 보그너가 이렇게 말했다.

"빌리, 난 네 외삼촌을 잘 알아. 인정 많고 친절한 신사지. 우리 둘이 외삼촌하고 같이 극장에도 몇 번 갔었고 리트호프 주점에서 술도 마셨잖아. 외삼촌도 분명 기억하실 거야! 그래, 그런 외삼촌이 어느 날 갑자기 딴사람처럼 돌변하지는 않을 거야."

참다못한 빌리가 보그너의 말을 가로챘다.

"그런데, 변한 것 같아. 물론 외삼촌에게 무슨 일이 있었는지 나도 잘 모르겠어. 어쨌거나 사람이 60세 가까이 되면 갑자기 달라지는 경우가 있나 보더군. 내가 그집에 다녀온 지 1년이 넘었다는 사실 이외에는 할 말이 없어. 간단히 말해서, 무슨 일이 있어도 다시는 외삼촌을 찾아가지 않을 거야."

보그너가 고개를 떨구었다. 그러다 갑자기 고개를 들더니 얼빠진 사람처럼 빌리를 바라보며 입을 열었다. "그렇군, 실례가 많았어. 잘 있어." 보그너가 모자를 집어 들더니 방문 쪽으로 몸을 돌렸다.

"오토!" 빌리가 외쳤다. "나한테 좋은 생각이 하나 더 있어."

"'하나 더'라니, 듣기는 좋군."

"보그너, 내 말 들어봐. 내가 오늘 교외로 나갈 예정이야. 바덴에 갈 거야. 일요일 오후에 거기 카페 쇼프에서 작은 노름판이 벌어지곤 해. 블랙잭이나 바카라 판이 벌어지는 날도 있어. 물론 나는 노름판에는 거의 가지 않는 편이지. 그냥 재미 삼아 서너 번 해보았을 뿐이야. 도박판의 주동자는 군의관 투구트야. 끗발이 억세게도 좋은 사람이지. 빔머 중위도 심심치 않게 끼고, 77연대 소속 그라이징도 오는데…… 아마 너는 모르는 사람일 거야. 지금은 지병으로 인해 부대 밖에서 치료 중이지. 민간인도 서너 명 노름하러 와. 동네 변호사, 극장 매니저, 극단 배우도 있고, 우리가 슈나벨 영사라고 부르는 한 노신사도 오지. 영사는 어느 오페레타 여가수와 그렇고 그런 사이라는 소문이 도는데, 사실은 가수가 아니라 평범한 합창단원이라더군. 그 사람들이 도박판 단골 멤버야. 2주 전에 투구트 군의관은 슈나벨 영사에게서 한 판에 3천 굴덴이 넘는 돈을 뜯어갔지. 우린 그날 발코니에 앉아 새들의 노래를 들으며 새벽 여섯 시까지 카드 게임을 했어. 그날 인내심을 가지고 게임을 한 덕분에 지금 120굴덴을 가지고 있는 거야. 그렇게라도 하지 않았으면 지금 내 수중에 한 푼도 없었을 거야. 오토, 오늘 너를 위해서 120굴덴 중 100굴덴을 카드 게임에 걸겠어. 큰돈을 딸 가능성이 높지는 않겠지만, 따지고 보면 투구트는 50굴덴을 가지고 자리에 앉았다가 3천 굴덴을 들고 일어난 거야. 그리고 한 가지 더 말하자면, 나는 몇 달 전부터 애정운이 전혀 따르질 않아. 예쁜 여자가 따르지 않으면 돈이 생긴다는 속담이 있지. 그런 속담을 믿어보는 것도 괜찮을지 모르잖아."

보그너는 아무 말이 없었다.

"자, 내 아이디어 어떤가?" 빌리가 물었다.

보그너가 어깨를 으쓱해 보이고 나서 입을 열었다. "어쨌거나, 네게 정말로 고마울 뿐이야. 물론 내 입장에서 도박판에 가지 말라고 말릴 수는 없지. 설령……."

"나도 당연히 장담은 못해." 빌리가 목소리에 힘을 크게 실어 오토의 말을 가로챘다. "하지만, 위험 부담이 그리 크지는 않아. 만약에 내가 이기면, 얼마를 땄든지 간에 네게 1천 굴덴을 주지. 최소 1천 굴덴이 네 것이야. 그리고 만일 내가 크게 한몫 잡게 되면……."

"너무 많은 걸 약속하지는 말라고." 오토가 생기 없는 미소를 지으면 말했다. "하지만 더 이상 너를 말리고 싶지는 않아. 너를 위해서 그렇고, 나를 위해서도 그렇고. 내일 아침에 내가…… 아냐, 내일 아침 일곱 시 반에 저쪽 알저 성당 근처에서 기다릴게." 오토가 쓸쓸하게 웃으면서 말을 이었다. "어쩌면 우연히 길에서 만날 수도 있겠지." 빌리가 뭐라고 대답하려 하자 오토는 손짓으로 가로막으면서 얼른 덧붙였다. "게다가 나도 두 손 놓고 가만히 앉아 있을 수만은 없는 상황이야. 지금 내 주머니에 70굴덴이 있거든. 이따 오후에 경마장에나 가서 베팅하려고. 물론 10번 말에 걸어야지."

오토가 급히 창가로 가더니 연병장을 내려다보며 말

했다. "여긴 공기가 참 맑군." 말을 마친 오토는 입을 삐죽이며 냉소적인 미소를 짓더니 옷깃을 세우고 나서 빌리와 악수를 한 다음 방을 나갔다.

빌리는 한숨을 내쉬더니 잠시 뭔가를 생각하다가 황급히 외출 준비를 했다. 그는 군복 상태가 너무나 맘에 들지 않았다. 오늘 카드 게임에서 돈을 따면 제복 재킷부터 새로 마련해야겠다고 마음먹었다. 시간이 많이 지났으므로 사우나는 포기하기로 했다. 하지만 일이 어찌 되건 간에 기차역까지는 마차로 가고 싶었다. 오늘 같은 날에 마차비 2굴덴 정도 쓰는 건 아무 문제도 아니라는 생각이 들었다.

2장

점심 즈음 바덴역에 도착하여 기차에서 내리자 기분이 그럭저럭 괜찮았다. 빈역에서 보지츠키 중령을 만나 담소를 나누었는데, 근무 중에 만나면 상당히 불편한 장교였다. 열차 칸막이 객실에서 아가씨 둘이 그에게 너무 노골적으로 집적거리는 바람에 계획한 일이 차질을 빚지 않을까 걱정했지만, 여자들이 바덴역에서 함께 내리지 않아 빌리는 안도의 한숨을 내쉬었다. 기분이 좋으면서도 마음속에선 옛 동료 장교 보그너에 대한 원망이 강하게 끓어올랐다. 그가 회삿돈에 손을 댄 일 때문에 화가 난 건 아니었다. 딱한 사정을 고려한다면 어느 정도는 이해할 수 있다. 하지만 3년 전, 앞날이 보장된 그의 군 생활을 끝장냈던 어처구니없는 도박 스캔들을 생각하면 지금도 화가 치밀어 오른다. 군 장교라면 노름질을 하더라도 정도껏 하는 법을 알아야 했다. 예를 들어, 빌헬름 자신도 3주 전에 카드 게임을 하면서 운이 닿지 않자 미련 없이 자리를 떴다. 고맙게도 슈나벨 영사가 돈을 빌려주겠다고 했지만, 그가 거절했었다. 그렇게 빌헬름은 항상 유혹을 이겨냈으며, 넉넉지 못한 월급과 약간의 용돈으로 생활을 꾸려나갔다. 처음엔 아버지가 용돈을 보내주었는데, 루마니아의 테메슈바르에서 중령으로 근무하던 아버지가 세상을 떠난 후엔 로베르트 외삼촌이 생활비를 보태 주었다. 그리고 나중에 외삼촌의 지원이 중단된 후엔 절약하며 사는 생활에 적응해 나갔다. 그는 커피숍 출입을 자제하고, 물건도 마음대로 사지 않았다. 담배도 아껴 피웠으며 여자들에게 돈 쓰는 일도 중단해야 했다. 3개월 전에 만났던 애인과의 관계도 잘될 가능성이 있었으나 결국 돈 문제로 좌절되었다. 빌리는 실제로 2인분 저녁 식사 비용을 감당할 처지가 못되었다.

생각할수록 현실이 슬펐다. 오늘 이 순간처럼 자신의 비참한 형편이 피부에 와닿은 적도 없었다. 이렇게 좋은 봄날, 케스너 가족이 사는 교외 저택으로 가기 위해 향기 가득한 공원을 걷는 그는, 색이 바랜 군복 재킷을 걸치고 무릎이 닳아서 번들거리는 바지를 입었으며 최근 유행하는 장교 모자보다 훨씬 납작한 모자를 눌러썼다. 그는 처음으로, 케스너 가족의 점심 식사 초대에 마음이 들떠 있는 자신의 처지가 부끄러웠다.

그런데 막상 케스너 씨 집에서 점심 식사가 시작되자

부끄러움 따위는 사라졌다. 맛있는 음식과 훌륭한 와인 때문이기도 하지만 에밀리에 양이 그의 오른편 자리에 가까이 앉아 다정한 눈길을 보내면서 그와 함께 식사했기 때문이다. 물론 그녀가 빌헬름의 옆자리에 앉은 게 우연일 수도 있지만, 식사 테이블에 앉은 손님은 그 혼자만이 아니었다. 집주인이 빈에서 데려온 젊은 변호사도 식사에 참석했는데, 그는 가볍고 명랑하게 그리고 가끔은 비꼬는 말투로 대화를 이끌었다. 집주인 케스너 씨는 예의 바르고 점잖았지만, 빌리를 대하는 태도는 다소 냉랭했다. 집안 여자들이 지난 사육제 무도회에서 알게 된 소위에게 예의상 차나 한잔하러 오라고 초대했을 뿐인데, 그걸 곧이곧대로 듣고 일요일마다 찾아오니 반가울 리가 없을 것이다. 여전히 매력적인 구석이 있는 사모님은 2주 전에 있었던 일을 기억조차 못 하는 듯 보였다. 당시 정원 안의 외떨어진 벤치에 혼자 앉아 있던 부인을 빌리가 기습적으로 껴안았다. 그녀는 자갈이 깔린 근처 길에서 웬 발자국 소리가 들려오자 그제서야 몸을 빼냈었다. 식사 시간에 나온 첫 번째 얘기는 이 집안 소유 공장과 관련하여 변호사가 추진 중인 소송 건으로, 빌헬름 소위는 전혀 이해하지 못하는 내용도 더러 있었다. 다행스럽게도 전원생활과 여름 여행 얘기로 주제가 넘어가면서 빌리도 대화에 끼어들 기회를 잡았다. 그는 2년 전에 돌로미텐[1]에서 황제가 지휘하는 특별 군

---

1 오스트리아 서남부와 이탈리아 북부 접경 남티롤 지방의 알프스 산악 지대. 현재 이탈리아 영토지만, 제1차 세계대전 종전 이전엔 남티롤 지역이 '오스트리아-헝가리 제국'의 영토였다.

사 기동 훈련을 받았다면서, 밤하늘을 바라보며 야영하던 일과 카스텔루스 여관의 까만 곱슬머리 딸들 얘기를 꺼냈다. 워낙 남자들이 접근하기가 힘들어서 메두사라는 별명으로 불리던 여자들이었다. 엉망이 된 기병대 공격 연습으로 톡톡히 망신을 당한 육군 중장을 눈앞에서 본 얘기도 했다. 와인을 서너 잔 마시고 나면 으레 그렇듯이 빌리도 어색한 기분을 떨치고 마음이 즐거워졌으며 농담도 던졌다. 그는 집주인이 차츰 자신에게 호감을 보인다고 느꼈으며, 변호사의 빈정거리는 말투도 줄어든 듯 보였다. 또한 안주인은 소위와 뜨거운 해프닝이 있던 날을 떠올리는 듯했다. 에밀리에 양의 무릎은 빌리의 무릎에 대담하게 닿았으며, 우연히 닿은 거라고 능청을 피우지도 않았다.

커피 타임을 가질 무렵, 몸집이 큰 중년 부인이 두 딸을 데리고 나타났다. 부인에게 빌리는 '기업인 무도회의 춤꾼'으로 소개되었다. 대화를 나누다 보니 이들 세 모녀도 2년 전에 남티롤에 있었다는 게 밝혀졌다. 부인은 그 당시 자이스 호텔에 묵었다면서 어느 화창한 여름날 호텔 앞을 말 타고 지나던 소위 아니냐고 빌리에게 물었다. 빌리는 구태여 아니라고 말하기 싫었다. 물론 제 98 보병연대 소속의 평범한 소위가 티롤에서든 어디에서든 간에 멋진 말을 타고 돌아다녔을 리가 없다는 사실을 본인이 너무 잘 알고 있었지만 말이다.

하얀색 옷을 차려 입은 두 아가씨는 매력이 넘쳤다. 밝은 핑크빛 옷을 입은 케스너 양이 두 아가씨 사이로 끼어들었고, 세 아가씨는 말괄량이처럼 잔디밭을 달렸다.

"우아한 숙녀들의 모습이 마치 로마신화에 나오는 삼미신 같아요. 그렇죠?"

변호사가 말했다. 그의 말이 다시 빈정대는 투로 들리자 소위는 이렇게 대꾸하려 했다. '그게 무슨 뜻인가요, 박사님?' 그런데 에밀리에 양이 즐거운 표정으로 잔디밭에 서서 이쪽으로 손을 흔드는 바람에 입에서 튀어나오려는 말을 겨우 억누를 수 있었다. 금발의 에밀리에는 빌리보다 약간 더 키가 컸으며, 적지 않은 결혼 지참금을 받을 것으로 예상되는 아가씨다. 저런 아가씨와 결혼하는 걸 꿈꿀 수는 있겠지만, 큰돈을 마련하려면 시간이 오래, 대단히 오래 걸릴 것이다. 그리고 지금은, 위기에 몰린 옛 동료를 위해 늦어도 내일 아침까지 1천 굴덴을 마련해야 한다.

전직 육군 중위 보그너를 위해 그가 할 수 있는 건 대화의 분위기가 최고조에 달한 무렵 자리를 뜨는 일뿐이었다. 사람들이 그에게 더 있다 가라고 했지만 빌리는 유감의 뜻을 전달했다.

"안타깝게도 가봐야 할 데가 있습니다. 인근 국군병원에 입원 중인 동료 장교가 있어서 문병을 가야 합니다. 오래전부터 류머티즘으로 고생하고 있거든요."

빌리의 변명에 대해서도 변호사는 쌀쌀한 태도로 비웃었다. 케스너 부인은 오후 내내 병원에 있어야 하느냐고 미소 띤 얼굴로 물었다. 빌리는 어깨를 슬쩍 으쓱하

기만 했다. 그러자 부인은 소위에게 병문안 마치고 시간
을 내서 저녁에 다시 오면 좋겠다고 말했다.

빌리가 케스너 씨 집을 막 나오는데, 잘생긴 젊은이
둘을 태운 마차가 집 앞에 멈추어 섰다. 빌리는 두 녀석
이 마음에 들지 않았다. 그가 곤경에 처한 동료 때문에
1천 굴덴을 벌고자 카페 노름판에 앉아 있는 동안 이
집에선 어떤 일이 벌어질까? 계획한 일을 포기하고, 동
료 문병을 다녀온 척 30분 뒤에 다시 케스너 씨 집으로
돌아오는 게 현명한 짓 아닐까? 멋진 정원과 예쁜 아가
씨들이 셋이나 있는 이곳으로 말이다. 그는 더 나아가,
아가씨들과 좋은 일이 생기는 날엔 카드 게임에서 돈을
딸 여지가 거의 없다는 속담까지 떠올렸다.

3장

　누런색의 대형 경마 광고 포스터가 광고탑에 붙어 있었다. 경마 포스터를 본 빌리는 보그너가 프로이데나우 경마장에 있을 시간임을 떠올렸다. 어쩌면 지금쯤 위기에 처한 본인을 구해줄 엄청난 돈을 혼자 힘으로 마련했을 수도 있겠다는 생각이 들었다. 그런데 만일, 슈나벨 영사나 투구트 군의관과의 게임에서 이겨 얻을지도 모를 자신의 1천 굴덴을 받아내기 위해 경마에서 이긴 사실을 숨긴다면 어찌 되는 건가? 게다가 회사 금고에 손을 댈 정도로 정신이 심하게 망가진 상태라면……. 보그너는 몇 달 후 또는 몇 주일 내에 다시 오늘 같은 상황에 빠질지도 모른다. 그땐 어찌해야 할까?

　웬 음악 소리가 그의 귓전에 와 닿았다. 어느 이탈리아 작곡가가 만든 서곡으로 요즘은 요양지에서나 연주

하는, 거의 잊힌 곡이었다. 하지만 빌리가 잘 아는 음악이었다. 수년 전 테메슈바르에서 그의 어머니가 어느 먼 친척과 함께 피아노 이중주로 연주하는 걸 들은 적 있었다. 그는 어머니와 함께 피아노 이중주를 연주한 적은 없지만, 휴일이면 사관학교에서 외박을 허락받고 집에 와서 어머니에게 피아노를 배웠다. 그런데 8년 전에 어머니가 세상을 떠난 후로는 피아노 연습을 아예 그만두었다. 부드럽고 가슴에 사무치는 듯한 음악 소리가 살랑이는 봄바람을 타고 울려 퍼졌다.

그는 슈베히아트 다리를 건넜다. 다리 아래로 탁한 개울이 보였다. 어느새 카페 쇼프의 테라스 앞에 도착한 그는 걸음을 멈추었다. 테라스는 꽤 넓었지만, 휴일이면 빈자리가 없을 정도로 붐볐다. 길가 쪽 작은 테이블에 그라이징 소위가 앉아 있었다. 성미가 고약한 그는 창백한 낯빛에 활력이 없어 보였는데, 아무래도 지병을 앓고 있는 듯했다. 소위 옆에는 극장 매니저인 뚱보 바이스 씨가 앉아 있었다. 카나리아처럼 노란빛에 구김이 있는 플란넬 양복을 입은 그는 언제나 그렇듯이 양복 단춧구멍에 꽃 한 송이를 꽂은 채였다. 테이블과 의자들 사이를 비집고 어렵사리 다가간 빌리가 두 사람에게 손을 내밀며 말했다.

"오늘은 게임 하는 사람이 없나 보군요."

어쩌면 오늘은 카드 게임판이 없을지도 모른다는 생각이 들자 마음이 가벼워졌다. 그런데 그라이징이 자신과 극장 매니저는 '일'을 할 기운을 충전하기 위해 밖에 나와 있을 뿐이라고 대꾸했다. 다른 멤버들은 벌써 게임 판에 앉아 있다면서, 오늘도 슈나벨 영사가 빈에서 마차를 타고 왔다고 전했다.

빌리가 아이스 레모네이드를 주문했다. 그러자 그라이징이 무슨 일로 그렇게 몸이 달아서 차가운 음료를 찾느냐고 물었다. 그러더니 바덴의 아가씨들이 참 예쁘고 활달하다고 넘겨짚었다. 그라이징은 점잖지 못한 말투로 어제저녁 쿠어 공원에서 만난 여자 얘기를 꺼냈다. 그러곤 어젯밤에 곧바로 그 여자와 끝장을 보았다고 떠벌렸다. 레모네이드를 천천히 마시는 빌리를 보면서 그라이징은 그의 생각을 읽었다는 듯 갑자기 큰 웃음을 터뜨리며 말했다. "당신이 좋든 싫든 상관없이, 세상일이 다 그런 거지, 뭐."

그때, 보급 부대 소속 빔머 중위가 그들 뒤에서 불쑥 나타났다. 잘 모르는 사람들은 그를 기병대 소속이라고 착각하곤 했다.

"여러분, 여기서들 뭐 합니까? 영사님 혼자 진땀 빼도록 놔둘 작정이오?"

쉬는 날이지만 습관처럼 상관에게 깍듯이 경례하는 빌리에게 빔머 중위가 악수를 청했다.

"저기 안쪽은 판이 어떻게 돌아갑니까?" 그라이징이 궁금한 표정으로 무뚝뚝하게 물었다.

"아주 느립니다. 그런데 영사님은 지금 돈방석 위에 앉았습니다. 유감스럽게도 내 돈 위에 앉아 있죠. 자아, 여러분, 시작합시다."

다들 자리에서 일어났다. 빌리는 자신과는 아무 상관 없는 일이라는 듯 담배에 불을 붙이면서 말했다. "저는 다른 약속이 있습니다. 잠시 구경이나 하다가 갈 겁니다."

"하하." 빔머가 웃었다. "좋은 마음을 먹고 시작해도 지옥으로 떨어지는 사람들이 많다고 하지."

극장 매니저 바이스도 한마디 했다. "나쁜 맘을 먹어도 천당에 가는 경우가 있다고 합디다."

"맞는 말입니다." 빔머가 그렇게 말하면서 매니저의 어깨를 가볍게 쳤다.

다들 카페 안으로 들어갔다. 빌리는 고개를 뒤로 돌려 시선을 바깥으로 향하고는 가옥들 지붕 너머 언덕을 바라보았다. 그는 늦어도 30분 안에 케스너 씨네 정원 의자에 다시 앉아 있으리라 다짐했다.

빌리는 멤버들과 함께 카페의 어두침침한 구석 자리로 향했다. 봄 내음과 따스한 햇빛이 들지 않는 자리였다. 빌리는 카드 게임에 끼어들 뜻이 없음을 분명하게 알리기 위해 의자를 멀찌감치 뒤로 빼고 앉았다. 나이를 가늠하기가 어려운 비쩍 마른 몸매의 영사는 수염을 영국식으로 짧게 다듬었다. 듬성듬성한 머리칼은 붉은빛이 돌았으며 곳곳이 희끗희끗했다. 밝은 회색 정장을 말쑥하게 차려입은 그는 빈틈이 없어 보였다. 영사는 딜러를 맡은 플레그만 박사가 방금 돌린 카드를 들여다보고 있었다. 곧 영사가 이겼다. 플레그만 박사가 지갑에서 새 지폐들을 꺼냈다.

플레그만 박사의 지폐들을 보고 감탄이 절로 나온 빔머 중위가 비꼬는 투로 말했다. "잃었는데도 눈썹 하나 까딱하지 않는군요."

"눈썹 까딱인다고 해서 이미 벌어진 일이 달라지지는 않으니까." 플레그만 씨가 눈을 반쯤 감고서 냉랭한 말투로 응수했다. 바덴 국군병원의 과장으로 있는 군의관 투구트가 200굴덴을 걸었다.

'오늘은 내가 끼어들 판도 아니로군.' 빌리는 그렇게 생각하면서 의자를 더 뒤로 밀었다.

부잣집 아들인 극단 배우 엘리프는 배우로서의 재능보다는 구두쇠 짓으로 더 유명한 자인데, 그가 빌리에게 자신의 카드를 보여주었다. 그는 적은 금액으로 베팅하고도 돈을 잃자 어쩔 줄 몰라 하며 머리를 흔들었다. 군의관 투구트는 다음 판에서 베팅 금액을 두 배로 올렸다. 극장 매니저 바이스는 엘리프에게 돈을 빌렸으며, 플레그만 박사는 또 지갑에서 돈을 꺼냈다. 영사가 금액도 확인하지 않고 "이거 다 걸어"라고 외치자 군의관 투구트는 그만두려 했다. 군의관이 졌다. 그는 얼른 조끼 주머니에서 300굴덴을 꺼내서 영사에게 주었다. 영사가 "다시 이거 다 걸어"라고 외쳤다. 군의관 투구트가 물러났고, 플레그만 박사가 딜러가 되어 카드를 돌렸다. 빌리는 참여할 생각이 없었으나 '자신에게 행운을 가져다 달라'는 엘리프의 성화도 있고 해서 그냥 재미 삼아 엘리프의 카드에 1굴덴을 걸었다. 그리고 이겼다. 다음 판에서 플레그만 박사가 빌리에게 카드를 주었으며 빌리는 거절하지 않았다. 빌리는 다시 이겼으며, 이어서 돈을 잃고 따기를 반복했다. 그가 의자를 테이블 가까이 당기자 옆 사람들이 자리를 만들어 주었다. 그리고 마치 빌리의 오늘 운세가 아직 결정되지 않은 듯 그는 이기고 지기를 되풀이했다. 극장 매니저는 일이 있어 극장으로 돌아가야 한다며 자리를 떴다. 그는 게임에서 여러 번 이겼지만 엘리프에게 빌린 돈을 갚는 것도 잊어버렸다. 빌리는 약간의 돈을 땄지만, 목표로 정한 1천 굴덴에는 전혀 미치지 못하여 아직 950굴덴이 부족했다.

"이렇게 해서는 아무것도 안 되겠어!" 돌아가는 판이 만족스럽지 못한 듯 그라이징이 외쳤다. 영사가 다시 딜러가 되었다. 그리고 그 순간, 게임이 이제부터 재밌게 돌아갈 것임을 다들 직감했다.

슈나벨 영사에 대해서는 그가 영사라는 직함을 가졌다는 사실 이외에는 알려진 바가 거의 없었다. 남아메리카에 있는 어느 작은 독립 국가의 영사를 지냈으며 사업을 크게 했다고 알려졌을 뿐이다. 슈나벨 영사를 장교들 카드 모임에 소개한 사람은 극장 매니저 바이스였다. 그 둘은 영사가 자기 여자 친구를 극장 매니저에게 단역 여배우로 소개해 주면서 서로 알게 되었다. 이 여배우는 극장에서 작은 역할을 맡자마자 남자 배우 엘리프와 금방 가까운 사이가 되었다. 예로부터 연인에게 배신당한 남자는 웃음거리가 된다. 그런데 얼마 전에 영사가 카드를 돌리면서 엘리프에게 줄 차례가 되자 그를 쳐다보지도 않고 입에 시가를 문 채 이렇게 물었다.

"아, 우리 두 사람 공동의 애인은 잘 지냅니까?"

이로써 농담과 조롱으로는 영사를 이길 수 없다는 사실이 분명해졌다. 카드 멤버들이 영사에게 받은 이때의 인상은 그가 그라이징에게 따끔한 충고를 하면서 더욱 강화되었다. 어느 날 밤늦게 코냑을 두어 잔 마신 그라이징 소위는 이름도 낯선 국가들에 나가 있는 영사들을 모욕하는 발언을 했다. 그러자 슈나벨 영사는 그라이징을 쏘아보면서 이렇게 대꾸했다.

"소위, 나를 놀리는 이유가 뭐요? 내가 어떤 사람인지 알아보기는 했습니까? 당신이 결투를 청하면 꽁무니를 빼고 달아날 사람인지 아닌지!"

영사가 그렇게 받아치자 다들 무슨 생각을 하는지 한동안 긴 침묵이 이어졌다. 그리고 두 사람이 무언의 합의라도 한 듯 이날 이후엔 아무런 시비도 일어나지 않았다. 게다가 누가 터놓고 말하지는 않았지만, 영사를 함부로 대해서는 안 된다는 공감대가 형성되었다.

영사가 돈을 잃었다. 영사는 평상시와는 다르게 서둘러 다시 큰돈을 걸었으며, 잃고 난 후엔 또 큰돈을 베팅했다. 다들 그 모습을 지켜보기만 할 뿐 아무 말도 하지 않았다. 다른 사람들은 돈을 땄다. 특히 빌리가 많이 땄다. 그는 카드 게임 밑천으로 가져온 120굴덴을 깊숙이 숨겼다. 무슨 일이 있어도 밖에 나오면 안 되는 돈이다. 이젠 빌리도 제법 큰돈을 걸었으며, 판돈을 금방 두 배로 올렸다가 다시 초심으로 돌아왔다. 잠시 쉬고 나서 다시 시작한 그는 자주 바뀌는 딜러들을 상대로 많은 돈을 땄다. 어느새 그가 옛 동료를 돕기 위해 모으려던 목표 금액 1천 굴덴을 수백 굴덴이나 넘어섰다. 엘리프가 극장에서 공연 연습이 있다면서 일어났다. 그라이징이 이번엔 무슨 역을 맡았냐고 빈정대며 물었지만 엘리프는 대꾸하지 않았고, 빌리도 이 틈에 엘리프와 함께 자리를 떠야겠다고 생각했다. 남은 사람들은 다시 게임에 몰두하기 시작했다. 밖으로 나가면서 빌리는 고개를 뒤로 돌렸는데, 마침 카드에서 눈을 뗀 영사가 차가운 눈빛으로 그를 바라보았다.

4장

 카페 밖으로 나온 빌리는 얼굴을 스치는 부드러운 저녁 바람을 쐬고서야 오늘 자신이 엄청난 행운을 잡았음을 느꼈다. 아니, 자신이 아니라 보그너의 행운을 실감했다고 해야 할 것이다. 지금 그에겐 보그너에게 주고도 돈이 좀 남아 그동안 꿈에 그리던 군복 재킷과 군모를 사고 군도에 매는 장식 끈도 살 여유가 생겼다. 그뿐이 아니다. 아는 사람들과 편안하게 어울려 만찬을 서너 차례 즐길 만큼의 돈이 생긴 것이다. 아무튼, 그런 건 둘째로 치더라도 내일 아침 일곱 시 반에 알저 성당 앞에서 옛 동료에게 구원금 1천 굴덴을 건네줄 수 있다니, 이 얼마나 마음 뿌듯한 일인가. 그렇다. 지금 1천 굴덴, 책에서나 보던 그 유명한 1천 굴덴 지폐가 100굴덴 지폐 몇 장과 함께 지갑에 들어 있다. 자, 보그너, 여기 좀 봐

라. 내가 1천 굴덴을 땄어. 정확히 말하면 1천 155굴덴
이야. 게다가 게임을 그만하고 밖으로 나왔지. 내 자제
력이 어떤가? 그리고 보그너, 부디 너도 이제부터는……
아니다, 아냐, 옛 동료에게 구구절절 훈계를 늘어놓을
수는 없지. 보그너도 이젠 자기 나름의 교훈을 얻었을
것이다. 그런데, 이번 뜻밖의 횡재를 기회로 나와 더 가
까워지려는 생각은 하지 말아야 할 텐데. 직접 가지 말
고 당번병을 알저 성당 앞으로 보내 돈을 전달하는 게
훨씬 현명한 방법일지도 모른다. 그게 좋겠다.

빌리는 케스너 씨 집을 향해 걸어가면서 그 집 식구
들이 저녁 식사도 함께하자고 청할지 궁금했다. 물론 다
행히도 이제 빌리에게 식사 따위는 중요하지 않다! 케
스너 씨 일가족을 저녁 식사에 초대할 정도의 충분한
돈이 빌리에게 있었다! 주변에 꽃 파는 가게가 없어서
유감이었다. 그 대신에 문을 연 제과점이 있어 빌리는
사탕 한 봉지를 샀다. 빌리는 제과점을 나오려다가 다시
들어가 좀 더 큰 것으로 한 봉지 더 사면서 케스너 씨
부인과 딸에게 사탕을 어떻게 나누어줄까 고민했다.

케스너 씨 집의 앞뜰에 들어서자 하녀가 말하길, 사
람들 모두 헬레네 계곡으로 갔다면서 아마 크라이너 별
장에 가 있을 거라고 했다. 또한 케스너 씨 가족은 일요
일 저녁엔 늘 그렇듯이 오늘도 분명 외식을 할 거라고
일러주었다.

빌리의 얼굴에 실망의 빛이 어렸으며, 하녀는 소위의
손에 든 사탕 봉지들을 보며 미소를 지었다. 이걸 어떻

게 해야 하나?

"가족들에게 안부 전해 주세요. 그리고 이거." 빌리가 하녀에게 사탕 두 봉지를 건네주며 말을 이었다. "큰 봉지는 이 집 사모님 거고, 작은 건 따님에게 전하면 됩니다. 못 보고 가서 유감이라고 해주세요."

그러자 하녀가 말했다. "어쩌면, 마차를 타고 얼른 가시면…… 식구들이 아직 크라이너 별장에 있을 거예요."

빌리는 잠시 생각을 하면서 진지한 표정으로 시계를 들여다보았다. "아, 네, 알았어요." 빌리는 별 관심 없다는 투로 그렇게 말하더니 하녀를 놀리려는 듯 지나칠 정도로 깍듯하게 경례하고 나서 케스너 씨 집 마당을 나섰다.

그는 이제 어두운 길가에 홀로 서 있다. 즐거운 표정의 남녀 관광객 무리가 흙 묻은 신발을 신고 빌리 옆을 지나갔다. 어느 별장 앞에 놓인 등나무 의자에 노인이 앉아 신문을 읽고 있었다. 2층 발코니에는 코바늘로 뜨개질을 하는 노파가 건너편 집 열린 창가에 팔짱을 끼고 서 있는 할머니와 대화를 나누고 있었다. 빌리는 이 시간에 이 작은 도시에 남아 있는 사람은 노인네들뿐일 거라고 생각했다. 하녀를 통해 빌리에게 한마디 전갈을 남길 수도 있었으련만, 케스너 가족은 그러지 않았다. 빌리는 이제 그들에게 달라붙고 싶은 마음이 없어졌다. 따지고 보면 그럴 필요가 전혀 없는 것이다. 그런데, 이젠 뭘 하지? 바로 빈으로 돌아갈까? 어쩌면 그게 가장 현명할 방법일지도 모른다! 아니면, 그냥 마음 내키는 대로 하는 게 좋을까?

콘서트홀 앞에 마차 두 대가 서 있었다. 빌리가 물었다. "헬레네 계곡까지 얼마입니까?" 마차 한 대는 이미 예약되어 있었고, 다른 마차의 마부는 터무니없는 금액을 요구했다. 빌리는 공원에 가서 밤 산책이나 해야겠다고 마음먹었다.

늦은 시간인데도 공원을 찾는 사람들이 많았다. 빌리는 공원을 거니는 커플들을 보면서, 결혼한 부부인지 연인 사이인지 분명히 구분할 수 있다고 생각했다. 밝게 미소 띤 어린 소녀들과 젊은 아가씨들이 혼자서 또는 둘셋씩 무리 지어 빌리 곁을 스쳐 지나면서 그와 눈길이 마주치기도 했다. 하지만 그들의 아버지나 오빠 또는 애인이 뒤에서 따라오지 않는다고 장담할 수 없었다. 게다가 장교는 민간인보다 행동거지를 갑절 이상 조심해야 할 의무가 있다. 빌리는 어린 남자아이의 손을 잡고 걸어가는 어느 여인의 뒤를 따랐다. 눈동자가 검고 몸매가 날씬한 여자였다. 콘서트홀의 테라스로 향하는 계단을 오르는 여인은 누군가를 찾는 표정이었다. 그리고 잠시 후, 멀리 떨어진 테이블에서 누군가 그녀를 향하여 열심히 손을 흔들었다. 그러자 여자는 빌리를 향해 넌지시 조롱의 눈길을 보내더니 사람들이 많이 모인 곳의 가운데로 가서 자리를 잡고 앉았다. 빌리 역시 누군가를 찾는 척하면서 테라스에서 레스토랑 쪽으로 들어갔다. 레스토랑 안에는 손님이 거의 없었다. 레스토랑 옆으로 콘서트홀 로비가 이어졌으며, 손님들이 책이나 신문을 읽도록 마련된 공간에는 불빛이 환한 가운데 군복 차림의 퇴역 군인 혼자서 길쭉한 형태의 녹색 테이블에 앉아 있었다. 빌리가 퇴역 장군에게 경례하면서 발뒤꿈치를 붙여 부동자세를 취하자 장군은 짜증이 났는지 건성으로 고개를 끄덕였다. 빌리는 서둘러 콘서트홀을 빠져나왔다. 밖으로 나오자 마차 한 대가 그대로 서 있었다. 묻지도 않았는데 헬레네 계곡까지 싸게 모시겠다고 마부가 빌리를 꼬드겼다.

"아, 그렇군요. 그런데 이젠 소용없습니다."

빌리는 그렇게 대꾸하고는 카페 쇼프 방향으로 발걸음을 재빨리 옮겼다.

5장

    빌리가 자리를 뜬 지 1분도 안 지났다는 듯이 노름
꾼들은 아까와 똑같은 자리에 그대로 앉아 있었다. 갈
색 전등 갓 아래로 불빛이 흐릿했다. 다시 돌아온 빌리
를 가장 먼저 본 영사의 입가에 회심의 미소가 떠올랐
다. 빌리가 빈 의자를 당겨 자리를 잡았을 때 놀라워한
사람은 아무도 없었다. 딜러를 맡은 플레그만 박사는 마
땅히 그래야 한다는 표정으로 빌리에게도 카드를 돌렸
다. 마음이 급한 듯, 빌리는 자신이 생각하던 금액보다
더 큰 액면의 지폐 하나를 베팅했고, 이겼다. 그리고 이
어지는 판에서는 좀 더 조심스럽게 돈을 걸었다. 그런데
이제 그의 운세가 막혔는지 1천 굴덴 지폐가 심히 위태
로워지는 순간이 왔다. 빌리는 생각했다. 신경 쓸 것 없
어. 원래 내 주머니에 없던 돈인데 뭐! 그런데 이어진

판에서 다시 이겨 1천 굴덴 지폐를 바꿀 필요가 없어졌다. 빌리의 행운은 계속 이어져 아홉 시경 게임이 끝날 무렵 그의 수중에는 2천 굴덴 이상이 있었다. 보그너에게 1천 굴덴을 주고, 나머지 1천 굴덴은 나를 위해 써야지. 그중에 절반은 다음 일요일 게임 밑천으로 남겨두어야겠다. 그런데, 마치 돈을 딴 것이 당연한 일인 양, 환호성을 지를 만큼 기쁘지는 않았다.

저녁 식사를 하러 슈타트 빈 가든 음식점에 간 일행은 잎이 무성한 떡갈나무 아래에 자리를 잡고 카드 게임을 주제로 대화를 나누었다. 특히 엄청난 금액의 판돈을 걸고 하는 조커클럽의 위험한 도박에 관한 얘기를 했다.

"도박이란 지금도 그렇지만, 앞으로도 변치 않을 악습입니다." 플레그만 박사가 사뭇 진지한 표정으로 말했다. 다들 그냥 웃었지만 빔머 중위는 플레그만 박사의 주장에 기분이 상한 듯 이렇게 항변했다.

"변호사들에게 악습인 것이 군 장교들에게도 악습이라고 할 수는 없지요!"

그러자 플레그만 박사가 침착하게 설명했다.

"무수히 많은 사례가 보여주듯, 나쁜 습관이 있으면서도 명예를 중히 여기는 사람이 있습니다. 돈 주앙이나 리셸리외 공작이 그런 경우입니다."

영사는 이렇게 주장했다. "도박은 도박 빚을 갚지 못할 경우에만 악습이지요. 게다가 그런 경우엔 단순히 악습이 아니라 사기가 되는 겁니다. 매우 비겁한 사기 말입니다."

잠시 침묵이 흘렀다. 바로 그때, 배우 엘리프가 겉옷 단춧구멍에 꽃 한 송이를 꽂고 의기양양하게 나타나면서 썰렁하던 분위기가 살아났다.

"열렬한 박수갈채를 뿌리치고 빠져나온 겁니까?" 그라이징이 물었다.

"제가 4막에는 등장하지 않거든요." 엘리프가 그렇게 대답하면서 자작이나 후작 역을 맡아 연습하고 온 사람처럼 우아한 자세로 장갑을 벗었다. 그라이징 소위가 담배에 불을 붙였다.

"안 피우는 게 좋을 텐데!" 군의관 투구트가 말했다.

"군의관님! 제 기관지, 아직은 멀쩡하답니다." 그라이징이 대꾸했다.

영사가 헝가리산 와인을 몇 병 주문했다. 일행이 함께 건배했다. 빌리가 시계를 보고 나서 말했다. "아, 저는 이만 가봐야겠습니다. 마지막 열차가 10시 40분에 출발하거든요."

그러자 영사가 말했다. "와인은 다 마셔야지. 내 마차로 기차역까지 모셔다드리겠소."

"영사님, 말씀을 고맙지만 그럴 수는 없습니다……."

"아냐. 그럴 수 있어." 빔머 중위가 빌리의 말을 가로막았다.

"자아, 무슨 일 있나요? 밤에도 계속하는 거죠?" 군의관 투구트가 물었다.

저녁 식사 후에 게임 판이 계속되리라는 걸 의심하는

사람은 없었다. 일요일마다 그랬으니까.

"너무 오래 하지는 맙시다." 영사가 말했다.

팔자 늘어진 악당들이군! 빌리는 그렇게 생각하면서도 또다시 테이블에 앉아 수천 굴덴짜리 요행을 바라는 그들을 부러운 시선으로 바라보았다. 와인을 마셔 금세 술기운이 오른 배우 엘리프가 영사에게 두 사람의 공동 애인인 리호셰크가 안부를 전하더라고 뻔뻔하면서도 바보 같은 표정으로 지껄였다.

"배우 선생, 그 아가씨를 이리 데리고 오지 그랬소?" 그라이징이 물었다.

"영사님이 허락하신다면 이따가 게임 구경하러 카페로 올 겁니다." 엘리프가 그렇게 받아넘겼으며, 영사는 아무 반응도 보이지 않았다.

빌리가 잔을 비우고 나서 자리에서 일어났다. "다음 주 일요일에 보자구! 그땐 당신 주머니를 가볍게 만들어 놓을 거야!" 빔머가 말했다.

빌리는 그 말을 듣고 이렇게 생각했다. 당신들, 실망하겠는걸. 조심성이 있으면 돈을 잃지 않는 거야.

영사가 빌리에게 말했다. "소위님, 기차역에 도착하면 곧바로 마차를 카페로 다시 보내주면 좋겠어요." 영사는 사람들을 둘러보면서 덧붙였다. "여러분, 지난번처럼 늦게까지, 새벽까지 하지는 맙시다!"

모여 앉은 멤버들에게 빌리가 다시 한번 인사한 다음 몸을 돌렸다. 그런데 뜻밖에도 가까운 테이블에서 케스너 가족과 케스너 씨 집에서 만났던 여자가 두 딸과 함께 식사하고 있었다. 빈정대는 투로 말하던 변호사와 마차를 몰고 별장에 왔던 잘생긴 젊은이들은 보이지 않았다. 다들 빌리에게 반갑게 인사했으며 빌리 역시 자연스럽게 테이블 앞에서 걸음을 멈추었다. 알코올 도수가 높은 헝가리산 와인을 석 잔이나 마신 데다 연적들도 없다 보니 무척이나 기분이 좋았다. 그는 자리에 앉으라는 권유도 받았지만 공손한 자세로 거절하면서 마차가 기다리고 있는 출구 쪽으로 발걸음을 옮기려 했다. 그런데 그에게 질문이 쏟아지자 이를 거절하지 못했다.

"민간인 복장을 한 저 잘생긴 젊은이는 누구예요? 아하, 배우! 엘리프라고? 들어본 적이 없는 이름인데." 케스너 부인은 이렇게 말했다. "여기 극장은 정말 별로야. 요즘은 오페레타가 훨씬 좋아." 부인은 의미 있는 눈길로 빌리를 바라보면서 넌지시 말을 건넸다. "다음에 오면 노천극장으로 공연 보러 같이 가요!"

"노천극장 특별석 두 개를 나란히 빌려야겠네." 케스너 씨의 딸이 그렇게 말하더니 엘리프를 향해 미소를 보내자 엘리프가 환한 미소로 화답했다.

여자들 손에 일일이 입을 맞춘 빌리가 장교들이 앉은 테이블을 향해 다시 한번 경례했다. 1분 후, 빌리는 영사의 마차에 올라앉았다.

"빨리 갑시다. 팁은 충분히 드리겠소." 빌리가 마부에게 길을 재촉했다.

빌리가 그렇게 부탁했지만, 마부가 건성으로 듣고 꾸물대자 기차 시간이 촉박한 빌리는 마음이 조급했다. 어

쨌거나 말들이 잘 달려준 덕에 5분 후 기차역에 도착했
다. 하지만 바로 그 시간, 1분 전에 도착한 열차가 기차
역을 벗어나고 있었다. 마차에서 뛰어내린 빌리는 환하
게 불을 밝힌 기차가 천천히 구름다리를 지나 떠나는
모습을 지켜보아야 했다. 그는 밤공기를 가르는 증기기
관차의 기적 소리를 들으면서 머리를 흔들었으며, 화를
내야 할지 기뻐해야 할지 몰랐다. 마부는 무심한 표정으
로 마부석에 앉아 채찍의 손잡이로 말의 털을 쓰다듬고
있었다.

"어쩔 수 없는 일이군."

빌리는 그렇게 중얼거리고 나서 마부를 향해 명령조
로 말했다.

"카페 쇼프로 다시 가시오."

6장

마차를 타고 작은 도시를 달리니 기분이 좋았다. 물론 예쁜 아가씨와 둘이 한여름 밤의 시골길을 달린다면 더할 나위 없겠지만. 로다운이나 로텐슈타들의 야외로 가서 아가씨와 함께 만찬을 즐긴다면 얼마나 신이 날까! 아, 아무런 망설임 없이 돈을 펑펑 쓰는 희열을 만끽하고 싶다. 하지만, 빌리, 조심해라. 조심해야 한다. 그는 그렇게 혼잣말을 하면서 노름에서 딴 돈을 전부 베팅하지 않고 절반 정도만 걸기로 굳게 결심했다. 그리고 플레그만 박사의 방법을 쓰겠다고 마음먹었다. 즉, 처음엔 소액을 베팅하는 것이다. 그리고 이길 때까지 베팅 금액을 늘리지 않는다. 또한 가진 돈 전부를 한꺼번에 거는 모험은 너무 위험해서 안 되며, 최대 4분의 3 정도만 걸어야 한다. 플레그만 박사는 늘 이런 방식으로 게임을 시작한다. 하지만 플레그만 박사는 그런 방식을 끝까지 유지하는 데 필요한 자기 수양이 부족했다. 그러다 보니 늘 결과가 좋지 못했다.

카페에 도착한 빌리는 마차가 멈추어 서기도 전에 뛰어내렸다. 그리고 마부에게 팁을 후하게 주었다. 마차 한 대를 빌리는 데 드는 금액보다 더 많이 줬다. 마부는 눈에 띄게 감사해진 않았지만 밝은 표정을 지었다.

노름 멤버들이 한 사람도 빠짐없이 남았다. 영사의 여자 친구인 미치 리호셰크 양도 와 있었다. 눈썹이 새까만 여자로 기세가 당당해 보였으며 화장은 과하지 않았다. 밝은 색상의 여름 드레스 차림인 그녀는 물결 모양으로 높이 올린 갈색 머리 위에다 붉은 리본이 달린 챙모자를 썼다. 그녀는 영사 옆에 붙어 앉아 영사가 앉은 의자 등받이에 팔을 올려놓은 채 그의 카드를 내려다보고 있었다. 빌리가 테이블로 다가갔지만, 영사는 그를 쳐다보지도 않았다. 하지만 자신이 다시 온 걸 영사가 금방 알아챘음을 빌리는 직감했다.

"아하, 기차를 놓치셨군." 그라이징 소위가 말했다.

"30초 늦었어." 빌리가 대꾸했다.

"그래, 그럴 줄 알았어." 빔머 중위가 그렇게 말하면서 카드를 돌렸다.

소액으로 베팅하면서 세 번 연속해서 돈을 잃은 플레그만은 도중에 자리를 떴다. 엘리프는 여전히 자리를 지키고 있었지만, 한 푼도 남지 않은 상태였다. 영사 앞에는 지폐가 수북하게 쌓여 있었다.

"오늘 많이 따셨군요." 빌리가 그렇게 말하더니 마음 먹고 있던 5굴덴이 아닌 10굴덴을 곧바로 걸었다. 그리고 그의 대담성이 효과를 보았다. 그는 돈을 땄으며 이어진 판에서도 계속 이겼다. 리호셰크 양이 자그마한 보조 테이블에 있던 코냑 병을 집어 들어 작은 잔에 따르더니 애교 있는 눈길을 던지며 빌리에게 잔을 건넸다. 엘리프는 빌리에게 내일 정오까지 꼭 갚겠다면서 50굴덴만 빌려달라고 부탁했다. 빌리가 그에게 50굴덴 지폐를 주었다. 그리고 얼마 못 가 그 지폐가 영사에게 넘어갔다. 이마에 땀방울이 맺힌 엘리프가 그제야 자리에서 일어났다. 바로 그때, 노란색 플란넬 양복을 입은 극장 매니저 바이스가 오더니 엘리프와 작은 소리로 뭐라고 속삭였다. 그러고는 아까 낮에 빌렸던 돈을 엘리프에게 돌려주었다. 그리고 엘리프는 이 돈마저 잃었다. 그는 연극에서 자작 역할을 맡았다며 귀족 흉내를 내면서 한껏 들떠 있던 조금 전의 모습과는 달리 흥분을 가라앉히지 못한 채 의자를 뒤로 홱 밀치고 일어났다. 엘리프는 숨죽여 작은 소리로 욕을 해대면서 자리를 떴다. 시간이 지나도 그가 돌아오지 않자 리호셰크 양은 자리에서 일어나 영사의 머리를 부드럽게 쓰다듬어 주고는 사라졌다.

빔머와 그라이징 그리고 투구트도 이젠 조심스러워졌다. 노름판이 거의 막바지에 이르렀기 때문이다. 극장 매니저만 좀 대담하게 베팅했다. 이제 게임은 카스다 소위와 슈나벨 영사 두 사람만의 전투가 되어갔다. 그런데 빌리의 행운이 방향을 바꾸어, 옛 동료인 보그너에게 줄 1천 굴덴을 제외하고 겨우 100굴덴만 남게 되었다. 그는 스스로에게 맹세했다. 100굴덴을 잃으면 그만두어야겠다. 무조건 그만둔다. 하지만 그는 자신의 맹세를 믿지 않았으며 이런 생각까지 하게 되었다. 도대체 보그너가 나와 뭔 상관이야? 내가 그 녀석을 책임질 이유는 없는 거잖아.

리호셰크 양이 카페에 다시 나타났다. 노래를 흥얼거리며 커다란 거울 앞에서 머리를 매만진 그녀는 담배에 불을 붙인 뒤 당구 큐를 잡았다. 그러고는 당구공을 몇 번 쳐보다가 큐를 다시 구석에 세워놓더니 손가락으로 흰색 공과 붉은색 공을 초록 당구대 위에서 이리저리 굴렸다. 영사가 차가운 눈길로 바라보며 자신을 부르자 노래를 흥얼거리며 영사의 옆에 와서 앉은 그녀는 아까처럼 팔을 의자 등받이에 걸쳤다. 한동안 조용했던 바깥에서 대학생들의 노랫소리가 들려왔다. 빌리는 갑자기 궁금해졌다. 저 학생들은 오늘 밤에 어떻게 빈으로 돌아가는 거지? 그러다가, 어쩌면 밖에서 노래하는 학생들이 바덴에 사는 고등학생들일지 모른다는 생각이 들었다. 그런데 리호셰크 양이 그의 맞은편에 앉은 후부터 운발이 다시 오른 느낌이 들었다. 학생들의 노랫소리가 점점 멀어지더니 전혀 들리지 않았다. 교회 탑의 시계가 시간을 알렸다.

"15분만 있으면 한 시군요." 그라이징이 말했다.

"마지막 판이 되겠군." 군의관이 선언하듯 말했다.

"다들 한 판 더 해야지요." 빔머 중위가 제안했다. 그러자 영사가 동의한다는 듯 고개를 끄덕였다.

빌리는 한마디 말도 하지 않았다. 그는 따는가 싶더니 잃었으며, 코냑을 한 잔 마시고 나서는 다시 따고 잃었고, 담배에 불을 붙이고 나서 다시 따고 잃었다. 투구트의 판돈은 오래 견뎠는데, 결국 영사가 큰돈을 건 판에서 끝장났다. 그런데 엘리프가 거의 한 시간이 지나서 다시 나타났는데, 희한하게도 돈을 들고 있었다. 그는 마치 아무 일도 없었다는 듯이 귀족 같은 폼으로 짐짓 여유 있고 무심한 태도를 보이며 자리를 잡고 앉았다. 그는 플레그만 박사를 모방한 느긋한 포즈를 새롭게 연출했지만, 몹시 피곤한 듯 눈이 반쯤 감겨 있었다. 엘리프는 늘 그렇게 하는 양 300굴덴을 서슴없이 걸었고 이겼다. 영사는 엘리프에게 졌고 이어서 군의관에게 졌으며 특히 빌리에게 크게 잃었다. 이제 곧 빌리의 수중엔 3천 굴덴이 넘는 돈이 있게 된다. 그것이 뜻하는 바는 새 군복 재킷과 새 군도 장식, 새 속옷, 가죽 구두, 담배, 여자들과의 만찬, 빈 숲으로 드라이브하기, 두 달간의 휴가 등이다. 새벽 두 시경, 그는 총 4,200굴덴을 땄다. 빌리 바로 앞에 그렇게 많은 돈이 쌓인 것이다. 그건 의심할 수 없는 엄연한 현실이었다. 4,200굴덴이었다. 다른 사람들은 더 이상 베팅할 돈이 남아 있지 않았다.

"오늘은 그만 끝냅시다." 영사가 불쑥 그렇게 말했다.

빌리는 게임을 계속해야 할지 말아야 할지 갈등이 일었다. 지금 그만둔다면 아무 일 없이 끝나는 것이며 많은 돈을 갖게 된다. 하지만 그는 제어하기 어려운, 정말로 무서운 욕구가 치밀어 오르면서 게임을 계속하고 싶었다. 영사의 지갑에 들어 있는 빳빳한 1천 굴덴 지폐들을 몇 장만 더, 아니 전부 다 끄집어내서 자기 지갑에 집어넣고 싶었다. 그렇게만 된다면 더 큰 돈을 벌 수 있는 밑천이 될 것이다. 늘 바카라 게임만 해야 하는 건 아니니까. 프로이데나우에서 하는 경마나 트랍렌플라츠의 마차 경주도 있으며 몬테카를로 같은 카지노도 있다. 어쩌면 바닷가에서 파리 출신의 아름다운 아가씨들과⋯⋯.

빌리가 이런 공상을 하면서 정신을 못 차리는 동안 군의관이 영사에게 마지막 판을 돌리게 했다. 엘리프는 마치 자기가 손님들을 초대한 사람이라도 되는 양 코냑을 따라주었으며 본인도 벌써 여덟 잔을 마셨다. 미치 리호셰크 양은 몸을 살랑살랑 흔들면서 노래를 흥얼거렸다. 투구트가 흩어진 카드를 모아서 섞었다. 영사는 아무 말도 없다가 갑자기 웨이터를 부르더니 새 카드를 두 통 가져오라고 했다. 다들 눈에서 빛이 났다. 영사가 시계를 보더니 이렇게 말했다. "정확히 2시 30분까지 합시다. 그게 마지막입니다."

이때 시간이 2시 5분이었다.

7장

영사는 이들이 모여서 카드 게임을 한 이래로 한 번도 본 적이 없는 엄청난 금액인 3천 굴덴을 판돈으로 걸었다. 카페 안에는 도박꾼들과 웨이터 한 명만 남았다. 열린 문을 통해 새벽 새들이 우는 소리가 들려왔다. 영사가 그 3천 굴덴을 잃었다. 하지만 아직 그에겐 돈이 남아 있었다. 많이 잃었던 엘리프가 이번엔 손실 금액을 대부분 되찾았으며, 리호셰크 양이 경고의 눈길을 보내자 게임에서 손을 떼고 일어났다. 다른 사람들은 그만그만하게 유지하면서 약간의 돈을 땄으며 조심스럽게 소액만 베팅했다. 다들 가진 돈의 절반 정도는 건드리지 않고 남겨두었다.

"이거 다 걸어!" 갑자기 빌리가 그렇게 외쳤으며, 그는 자기 말에, 자기 목소리에 본인도 놀랐다. 내가 미쳤나? 그리고 영사가 카드를 뒤집자 가장 높은 숫자 9가 나왔으며, 빌리는 순식간에 1,500굴덴을 잃었다. 빌리는 당황했다. 다음 판에서는 플레그만 방식을 생각하며 터무니없이 적은 금액인 50굴덴을 걸었는데, 이겼다. 이런 멍청이! 잃은 돈을 전부 되찾을 기회였는데! 빌리는 대범하게 베팅하지 못한 것을 몸서리치게 후회했다.

"다시 이거 전부 올려!" 이번에도 그가 졌다.

"다시 한번 이거 다 걸어!"

빌리가 큰 금액을 계속 베팅하자, 영사가 주춤하는 기색을 보였다.

"카스다 소위, 무슨 생각으로 이러는 거야?" 군의관이 큰 소리로 외쳤다.

빌리는 크게 웃었지만, 심한 현기증을 느꼈다. 코냑을 마신 탓에 판단력이 흐려졌나? 맞다. 그는 당연히 실수했다. 1천 굴덴이나 2천 굴덴의 큰돈을 단번에 베팅하는 건 꿈에서도 생각하지 못했던 일이다.

"영사님, 죄송합니다. 제가 원래는……."

그런데 영사가 빌리의 말을 가로채며 이렇게 말했다.

"얼마를 베팅했는지 몰랐다면 베팅 취소를 받아들이겠습니다."

그 말을 들은 빌리가 이렇게 대꾸했다. "받아들인다고요? 한번 베팅했으면 그만이지 물릴 수는 없지요."

이렇게 말한 사람이 정말 나였나? 내 목소리가 맞나? 만약 이번에 또 진다면, 군복 재킷이나 군도 장식끈을 사지 못하며, 예쁜 아가씨들과의 즐거운 만찬 시간도 물거품으로 돌아간다. 공금을 횡령한 보그너에게 줄 1천 굴덴만 남게 되며, 빌리 자신은 두 시간 전과 마찬가지로 무일푼이 된다.

영사가 아무 말 없이 카드를 뒤집었다. 이번에도 9였다. 아무도 그 숫자를 입 밖에 내지 않았지만, 숫자 9는 무시무시한 악귀가 내지르는 웃음소리의 메아리처럼 실내에 울려 퍼지는 듯했다. 빌리의 이마에 식은땀이 흘렀다. 빌어먹을, 순식간에 날렸군! 하지만 여전히 그에겐 1천 굴덴 조금 넘는 돈이 남았다. 그는 혹시라도 부정이 탈까 싶어 남은 돈이 얼마인지 확인하지도 않았다. 그래도 오늘 낮 기차에서 내릴 때와 비교하면 돈이 많은 건 사실이었다. 그래, 오늘 낮과 비교하면……. 게다가 누가 그에게 한꺼번에 1천 굴덴을 걸라고 강요하지도 않는다. 100굴덴이나 200굴덴을 거는 식으로 다시 시작해도 된다. 플레그만 방식으로 말이다. 다만 유감스럽게도 남은 시간이 별로 없었다. 20분도 남지 않았다. 실내에는 깊은 침묵만 흘렀다. 계속할 거냐고 묻는 눈빛으로 쳐다보던 영사가 침묵을 깼다. "소위님?"

빌리가 웃으면서 "아, 네"라고 대답하더니 1천 굴덴 지폐를 반으로 접었다. "반만 걸겠습니다. 영사님."

"500굴덴?"

빌리가 고개를 끄덕였다. 다른 멤버들도 형식적으로 돈을 걸었다. 하지만 다들 자리를 뜨는 분위기였다. 빔머 중위가 외투를 걸치며 일어섰다. 투구트는 당구대에 기대어 섰다. 영사가 카드를 뒤집었다. 숫자 8이 나왔다.

빌리가 500굴덴을 잃었다. 그는 뭔가 일이 잘못되었다
는 표정으로 머리를 흔들었다.

"나머지 전부 겁니다." 빌리는 그렇게 말하면서 생각
했다. 침착하게 하자. 빌리가 천천히 카드를 뒤집어 숫
자를 확인했다. 8이었다. 그리고 카드 한 장을 더 받은
영사의 패는 9였다. 마지막 500굴덴 마저 사라졌다. 1
천 굴덴이 날아갔다. 전부 잃고 말았다. 모조리 잃었다
고? 아니지. 낮에 여기 올 때 지니고 있던 120굴덴 조금
넘는 돈이 아직 남아 있다. 도대체 말도 안 되는 상황
이 벌어졌다. 빌리는 그야말로 순식간에 예전과 똑같이
불쌍한 영혼으로 되돌아왔다. 카페 바깥에서 새들이 지
저귀는 소리가 들렸다……. 조금 전 몬테카를로 카지노
에 진출하기 충분한 돈을 가졌을 때처럼 말이다. 안타깝
지만, 이젠 정말로 게임을 그만해야 한다. 얼마 남지 않
는 푼돈마저 베팅할 수는 없으니까……. 아직 15분이나
남았지만 멈추어야 한다. 지지리도 재수가 없는 날이군.
하지만, 5천 굴덴을 잃었더라도 다시 찾기에 충분한 시
간이 아닌가?

"소위님?" 영사가 빌리의 의사를 물었다.

"미안합니다." 빌리가 거친 쉿소리로 대꾸하면서 앞에
놓인 초라한 금액의 지폐들을 가리켰다. 그는 눈가에 미
소를 머금은 채 장난하듯이 10굴덴을 걸었다. 빌리가 이
겼다. 이어진 판에서는 20굴덴을 걸었으며, 또 이겼다.
50굴덴, 다시 이겼다. 빌리는 피가 머리끝까지 치솟는
기분이었다. 울화가 치밀어 오르며 울고 싶었다. 이제야

그에게 운발이 오르는 모양이었다. 하지만 너무 늦었다. 그런데 갑작스레 기발한 생각이 떠올랐는지, 뒤쪽 리호셰크 양 옆에 서 있는 배우에게 고개를 돌렸다. "엘리프씨, 200굴덴만 빌려주실 수 있습니까?"

"미안합니다, 소위님. 보시다시피 한 푼도 남김없이 다 잃었네요." 엘리프가 어깨를 으쓱하며 점잖게 대꾸했다. 물론 거짓말이었으며, 다들 잘 알고 있었다. 하지만 다들 배우 엘리프가 소위에게 거짓말을 한 게 다행이라는 표정이었다. 그때, 영사가 무심한 표정으로 빌리에게 지폐 몇 장을 건네주었다. 금액을 세지도 않고 주는 듯했다.

"마음대로 쓰세요." 영사가 말했다.

그러자 투구트 군의관이 크게 헛기침을 했으며, 빔머 중위도 경고했다. "카스다 소위, 나라면 그만두겠어."

빌리가 결단을 내리지 못하고 머뭇거리자, 슈나벨 영사가 이렇게 말하면서 지폐들 위에다 손을 살짝 얹었다.

"소위님, 강요하고 싶은 생각은 없습니다."

그러자 빌리가 허겁지겁 지폐들을 움켜쥐더니 얼마인지 세어 보려고 했다.

"1,500굴덴입니다, 소위님. 틀림없습니다. 카드를 받겠습니까?"

빌리가 웃으면서 대꾸했다. "다른 방도가 있나요?"

"얼마를 걸겠습니까, 소위님?"

"아, 전부 걸진 않겠습니다." 빌리가 정신을 차리고 말했다. "가난한 사람들은 절약하면서 살아야 하는 법이

죠. 1천 굴덴으로 시작하죠." 빌리는 천천히 카드를 확인했다. 영사 역시 특유의 느긋한 자세로 숫자를 확인했다. 빌리는 카드 한 장을 더 받아야 했다. 그래서 다이아몬드 4에 스페이드 3을 추가하여 7이 되었다. 영사도 카드를 내보였다. 그도 빌리처럼 7이었다.

"그만 중단하지 그래." 빔머 중위가 빌리에게 다시 경고했으며, 이젠 거의 명령하는 말투였다.

군의관도 끼어들었다. "본전은 찾은 듯하군."

군의관의 말에 빌리는 화가 났다. 본전은 찾았다니! 이걸 본전이라고 하다니! 15분 전만 해도 나는 부자였다. 그런데 지금은 알거지가 됐어. 이런 걸 두고 본전이라고! 저 사람들에게 보그너 얘기를 해야 하나? 그러면 혹시 내 심정을 이해할지도 모르겠군.

이어진 판에서 빌리는 7이 나왔다. 빌리가 카드를 더 받지 않아야겠다고 생각하고 있는데, 영사는 빌리의 의사를 묻지도 않고 자기 카드를 뒤집었다. 8이 나왔다. 1천 굴덴이 또 사라졌으며, 빌리는 머리가 지끈거렸다. 잃은 돈을 되찾아 오겠어! 되찾지 못한다 해도 달라질 건 없어. 1천 굴덴이든 2천 굴덴이든 빌린 돈을 갚지 못하는 건 마찬가지니까. 이젠 아무래도 좋아! 시간은 아직 10분이나 남았군. 아까 내 수중에 있던 4천, 5천 굴덴을 되찾을 시간은 충분해.

"소위님?" 다른 사람들 모두 침묵하는 가운데 영사의 말소리가 실내에 울려 퍼졌다. 상황이 여기까지 오자 '나라면 그만둘 텐데'라는 말을 해주는 사람도 없었다.

56

빌리는 생각했다. 이젠 아무도 그만두라는 소릴 꺼내지 못하는구나. 지금 중단한다는 건 멍청한 짓이란 걸 다들 아는 거야. 그런데 이번엔 얼마를 걸어야 하나? 방금 전만 해도 빌리 앞에는 고작 일이백 굴덴이 놓여 있었는데, 지금은 돈이 좀 있다. 영사가 다시 그에게 2천 굴덴을 밀어주며 말했다.

"쓰세요, 소위님." 빌리는 영사의 돈을 집어 그중 1,500굴덴을 걸었다. 그리고 이겼다. 이젠 영사에게 진 빚을 갚고도 남을 정도가 되었다. 그때, 누군가의 손이 그의 어깨에 닿았다. "카스다!" 빌리 뒤에 서 있던 빔머 중위가 외쳤다. "더 이상은 안 돼!" 중위는 냉정하고 엄한 태도로 명령했다.

빌리는 빔머 중위에게 대들고 싶었다. 지금은 근무 시간이 아닙니다. 게다가 오늘은 비번이라 내 돈으로 내가 하고 싶은 걸 마음대로 할 수 있습니다!

그러고는 다시 돈을 걸었다. 이번엔 1천 굴덴만 걸고 받은 카드를 뒤집었다. 8이었다. 슈나벨 영사는 여전히 미적거렸다. 그는 마치 시간이 무한대로 남아 있는 사람처럼 시간을 끌었다. 물론 시간은 충분했다. 반드시 2시 30분에 끝내야 한다는 법은 없으니까. 얼마 전엔 새벽 5시 30분까지 했었다. 얼마 전이라…… 정말 멋진 시간이었지. 한참 전의 일이야. 그런데 왜 다들 테이블에 빙 둘러 서 있는 걸까? 꿈을 꾸고 있는 것 같군. 다들 빌리보다 더 흥분하고 있었다. 리호셰크 양도 틀어 올린 머리에 붉은 리본이 달린 밀짚모자를 쓰고 빌리의 맞은편에 서서 호기심 어린 눈빛을 보내고 있었다. 빌리가 그녀에게 미소를 지어 보였다. 비극적인 운명을 짊어진 여왕 같은 표정을 짓고 있지만 극단 코러스 걸에 불과한 여자였다. 영사가 카드 두 장을 뒤집었다. 한 장은 퀸이었다. 아하, 퀸 리호셰크, 그런데 다른 한 장은 스페이드 9였다! 빌어먹을 스페이드! 스페이드는 늘 그에게 불행을 가져왔다. 1천 굴덴이 다시 영사에게 넘어갔다. 하지만, 이게 무슨 문제가 되나? 아직 수중에 돈이 남았는데. 게다가 이미 망한 신세 아니었나? 남은 돈이 거의 없었는데…… 갑자기 수천 굴덴이 눈앞에 나타났다. 영사는 정말 훌륭한 분이야. 빌리는 잃은 돈을 되찾을 수 있다는 자신감이 생겼다. 장교답게 영사에게 빌린 노름빚은 반드시 갚아야지. 엘리프 녀석 따위는 늘 저 모양으로 살겠지만, 나는 장교다. 보그너 같은 놈하고는 달라…….

"2천 굴덴을 겁니다, 영사님."

"2천 굴덴이라고요?"

"그렇습니다, 영사님!"

빌리는 7이 나왔으며, 카드를 더 받지 않았다. 영사는 카드를 뒤집어 보지도 않고 한 장을 추가로 집었다. 서둘러 게임을 끝내려는 모양이었다. 영사는 먼저 받은 1에다 스페이드 8을 추가하여 의심할 여지도 없이 합이 9인 패가 되었다. 합이 8이었어도 영사가 이기는 판이었다. 결국 2천 굴덴이 영사에게 갔으며, 영사가 곧바로 2천 굴덴을 빌리에게 다시 내주었다. 2천 굴덴 이상의 금액을 빌렸던가? 3천, 아니면 4천 굴덴을 빌린 건가? 전부 얼마를 빌렸는지 확인하지 않는 게 좋겠다. 빌린 돈의 액수를 확인하면 운세가 나쁠지 모르니까. 영사가 빌리를 속이지는 않을 것이다. 둘러서서 지켜보는 눈이 몇 개인데. 빌리는 영사에게 빌린 돈이 얼마인지 정확히 파악하지도 않고 다시 2천 굴덴을 걸었다. 스페이드 4가 나왔다. 당연히 카드 한 장을 더 받았고, 스페이드 6이었다. 1보다 낮은 패가 된 것이다. 영사는 숫자 3의 카드를 받았으며, 따라서 카드를 추가로 받을 필요도 없었으니……, 2천 굴덴이 영사에게 건너갔다. 그리고 2천 굴덴이 또 빌리에게 되돌아갔다. 정말 말도 안 되는 상황이었다! 2천 굴덴이 계속 두 사람 사이를 오갔다. 교회 시계탑의 종이 다시 울리며 2시 30분을 알렸다. 그런데 그 소릴 들은 사람이 없는 게 분명했다. 영사가 침착하게 카드를 돌렸다. 남자들이 여전히 테이블을 빙 둘러서 있었다. 군의관만 자리를 뜨고 없었다. 방금 전만 해도 화를 내면서 머리를 흔들고 작은 소리로 뭐라 중얼거리던 사람 아닌가. 군의관은 카스다 소위가 필사적으로 카드 게임에 몰입하는 모습을 더 이상 지켜볼 수 없었나 보다. 의사란 자가 저렇게 마음이 약해서야!

게임은 계속 이어졌으며, 빌리는 돈을 걸었다. 정확히 얼마를 걸었는지도 알지 못했다. 그냥 손으로 지폐를 한 줌 움켜쥐고 베팅했다. 자신의 운명을 받아들이는 새로운 방식이었다. 빌리의 카드 숫자는 8이었다. 이젠 행운이 내게 오려나 보다.

하지만 노름판의 판도는 쉽사리 바뀌지 않았다. 영사는 카드 숫자는 9였다. 영사가 옆에 서 있는 사람들을 둘러보더니 카드들을 옆으로 치웠다. 빌리가 눈을 크게 뜨면서 물었다. "아니, 영사님?"

영사가 손가락을 들어 바깥을 가리켰다. "소위님, 방금 시계탑이 30분을 알렸습니다."

"뭐라고요?" 빌리가 깜짝 놀라면서 외쳤다. "15분 정도 더 할 수도 있잖아요?"

빌리는 동의를 구하려는 듯 주변 사람들을 둘러보았다. 하지만 다들 아무 말도 하지 않았다. 엘리프는 점잖게 눈길을 돌리며 담배에 불을 붙였다. 빔머 중위는 입술을 깨물었으며, 그라이징 소위는 짜증 난 표정으로 들릴 듯 말 듯 작게 휘파람을 불었다. 극장 매니저가 별일 아니라는 표정으로 태연하게 한마디 했다. "소위님이 오늘은 운이 없네요."

자리에서 일어난 영사는 여느 때와 다름없는 밤이라는 듯 카페 웨이터를 불렀다. 영사가 계산할 건 코냑 두 병뿐이었다. 하지만 그는 번거롭지 않게 자기가 전부 계산하겠다고 자청했다. 그라이징 소위는 영사를 만류하면서 자기 커피 값과 담뱃값을 별도로 계산했다. 다른 사람들은 영사가 계산하도록 내버려두었다. 계산을 마친 영사는 여전히 멍하니 앉아 있는 빌리를 향해 아까 시계탑의 종소리를 알려줄 때와 똑같이 손가락으로 밖을 가리키며 말했다.

"소위님, 괜찮으시면 제 마차로 빈까지 태워드리겠습

니다."

"정말 친절하시군요." 빌리가 대답했다. 그리고 그 순간 빌리는 마지막 15분 사이에 벌어진 일, 아니 오늘 밤 그리고 오늘 하루에 있었던 일들이 전부 사라져 버린 느낌이었다. 빌리는 영사 역시 그럴 거라고 생각했다. 그렇지 않고서야 어찌 자기 마차로 같이 가자는 말을 꺼낼 수 있겠는가? 그런데 영사가 공손한 태도로 이렇게 덧붙였다.

"소위님, 오늘 저에게 빌리신 돈이 총 1만 1천 굴덴이군요."

"맞습니다. 영사님." 빌리는 군대식 말투로 대답했다.

영사가 빌리에게 "서면으로 남기시길 원하십니까? 아니면, 그런 건 필요 없나요?"라고 물었다.

"그런 거 필요 없습니다." 빔머 중위가 나서 거칠게 항의했다. "여기 있는 사람들 전부가 증인입니다."

하지만 영사는 빔머의 항의 따위는 아랑곳하지 않는 표정이었다. 빌리는 여전히 테이블에서 일어나지 못했다. 다리가 납덩이처럼 무거웠다. 1만 1천 굴덴이라! 대단하군! 보너스를 포함해서 대략 3년이나 4년치 내 월급에 해당하는 돈이야. 빔머와 그라이징은 나지막하지만 격앙된 어조로 얘기를 주고받았다. 엘리프가 극장 매니저에게 뭔가 재밌는 얘기를 했는지 매니저가 폭소를 터뜨렸다. 리호셰크 양이 영사 옆에 붙어 서서 뭐라 물었으며 영사는 머리를 흔들어 부인했다. 카페 웨이터가 영사에게 망토를 걸쳐주었다. 벨벳 칼라가 있는 검정색

민소매 망토로 폭이 넓었다. 아까부터 빌리가 눈여겨본 망토인데 우아하고 이국적인 느낌을 풍겼다. 배우 엘리프는 거의 바닥난 코냑 병으로 마지막 잔을 따랐다. 빌리가 보기엔 다들 그의 문제로 고민하고 싶지 않은 표정이었으며, 심지어 그를 쳐다보는 것조차 꺼리는 눈치였다. 빌리가 자리에서 벌떡 일어섰다. 그때, 놀랍게도 군의관 투구트가 돌아왔다. 그는 빌리 옆에 서서 할 말을 찾는 듯하더니 마침내 입을 열어 이렇게 말했다.

"내일 아침까지 돈을 마련할 수 있겠어?"

"당연히 그래야죠. 군의관님." 빌리가 공허한 미소를 지으며 대답했다. 그러고는 빔머와 그라이징에게 다가가 악수했다. "다음 주 일요일에 봅시다." 빌리가 가볍게 인사를 건넸지만, 그들은 아무 대답도 하지 않았으며 고개 한 번 끄덕이지 않았다.

"가실 준비됐습니까, 소위님?" 영사가 물었다.

"준비됐습니다!"

빌리는 기분 좋은 모습으로 사람들과 작별 인사를 나누었다. 특히 리호셰크 양의 손에 우아한 자세로 입을 맞추었다. 그래봤자 빌리에게 무슨 해가 있겠는가!

다들 카페에서 나왔다. 테라스에 있는 테이블과 의자만 어슴푸레하게 보일 뿐, 도시와 들판은 여전히 어둠에 잠겨 있었다. 하지만 밤하늘에 별이 보이지 않았으며, 기차역 주변 지평선으로 희미한 여명이 비치기 시작했다. 영사의 마차가 카페 밖에 대기 중이었다. 마부는 마부석 앞판에 발을 올려놓고 잠이 들었다. 슈나벨 영사가 어깨를 건드리자 잠에서 깬 마부는 모자를 조금 올려 인사를 하고는 말들을 살피면서 덮개를 걷어냈다. 장교들이 손으로 군모 끝을 살짝 잡아 영사에게 인사하고 나서 자리를 떴다. 극장 매니저와 배우 엘리프, 리호셰크 양은 마부가 떠날 채비를 마칠 때까지 기다렸다. 빌리는 궁금했다. 영사는 왜 리호셰크 양과 함께 여기 바덴에 머무르지 않는 거지? 같이 있지도 않을 여자 친구가 왜 필요할까? 문득 정부의 침대에서 뇌졸중을 일으켰다는 어느 노인의 얘기가 생각난 빌리는 옆에 서 있는 영사를 쳐다봤다. 그런데 영사는 활력이 넘치고 기분도 좋아 보였으며 죽음과는 거리가 멀어 보였다. 영사는 분명 엘리프를 화나게 할 요량으로 리호셰크 양에게 평상시와는 사뭇 다른 노골적인 애정 표현으로 작별 인사를 했다. 그런 다음 영사는 소위를 마차에 오르게 하고 나서 오른쪽 자리에 앉히더니 자기 무릎과 소위의 무릎에 갈색 모피 안감을 댄 밝은 노란색 담요를 덮었다. 마차가 출발했다. 엘리프는 모자를 벗어들고 장난하듯 팔을 이리저리 흔들었다. 다음 시즌에 독일의 어느 작은 극장 무대에 오르는 작품에서 배역을 맡은 귀족 역할에 써먹을 스페인식 제스처였다. 마차가 다리를 건너기 위해 방향을 바꾸자 고개를 옆으로 돌린 영사는 리호셰크 양을 가운데 두고 팔짱을 낀 채 걷는 세 사람을 향해 손을 흔들었다. 하지만 자기들끼리 수다를 떠느라 정신이 없는 그들은 영사를 보지 못했다.

8장

잠든 도시를 가로질러 가는 동안, 또각또각 말발굽 소리 외에는 아무 소리도 들리지 않았다.

"공기가 좀 서늘하군요." 영사가 말했다.

빌리는 입을 열고 싶은 생각이 없었으나, 영사의 마음을 편하게 해주기 위해서라도 뭐라 대꾸는 해야겠다 싶어 이렇게 말했다.

"네, 새벽 공기는 언제나 상쾌합니다. 우리 군인들은 기동훈련을 할 때 자주 체험하죠."

"그런데, 24시간 안에……." 영사가 잠시 머뭇거리더니 점잖은 목소리로 말을 이었다. "반드시 24시간 내에 돈을 마련할 필요는 없습니다."

빌리는 안도의 한숨을 몰아쉬며 기회를 포착했다.

"영사님, 그러잖아도 부탁을 드리려 했습니다. 영사님

도 잘 아시겠지만, 제가 당장 전액을 마련하긴 어렵습니다."

"물론 그러시겠지요." 영사가 빌리의 말을 가로챘다. 달그락달그락 소리를 내며 가던 마차가 구름다리 아래를 지나자 말발굽 소리가 반향을 일으켜 더 크게 들렸다. 이어서 마차는 탁 트인 시골길로 접어들었다.

"제가 노름빚을 갚는 기본 시한인 24시간을 고집한다면" 영사가 말을 계속했다. "내일 새벽 2시 30분까지 빚을 갚으셔야 합니다. 하지만 그건 피차 서로에게 불편한 일이 되겠지요. 그래서 기한을……." 영사가 곰곰이 생각하는 듯하더니 말을 이었다. "소위님이 동의하신다면, 화요일 정오로 하겠습니다."

영사가 지갑에서 명함을 꺼내더니 빌리에게 주었다. 명함을 건네받은 빌리는 명함을 세심히 살폈다. 새벽녘의 희미한 빛이 마차 안으로 스며들어 주소를 어렵지 않게 확인할 수 있었다. '헬퍼스도르퍼슈트라세 5번가. 부대에서 5분도 안 걸리는 거리군.'

"영사님, 그럼 내일 정오까지 갚으란 말씀인가요?" 빌리는 심장 박동이 빨라지는 걸 느꼈다.

"그렇습니다. 소위님. 화요일 정각 12시입니다. 저는 오전 9시부터 사무실에 있을 겁니다."

"영사님, 만일 제가 그 시간까지 돈을 마련하지 못하면, 예를 들어서, 내일 오후나 수요일에나……."

영사가 빌리의 말을 가로막았다. "소위님, 당신은 분명 돈을 마련할 수 있을 겁니다. 노름판에 앉을 때는 당연히 잃을 각오도 하는 겁니다. 나 역시 그럴 각오를 하고서 카드 게임을 합니다. 개인 돈이 없다면 어떻게든 다른 방도를 찾아야 하는 겁니다. 부모님이 도와주시겠지요."

"저는 부모님 두 분 다 돌아가셨습니다." 빌리가 얼른 대꾸했다. 그리고 슈나벨의 "저런!" 하는 소리를 들으면서 말을 이었다. "제 어머니는 8년 전에 돌아가셨고, 아버지는 5년 전에 육군 중령으로 군 복무 중 헝가리에서 사망하셨습니다."

"아, 부친께서도 장교셨어요?" 영사의 목소리는 진심으로 빌리의 형편을 이해한다는 듯 따뜻했다.

"그렇습니다, 영사님. 두 분이 살아계셨다면 저는 직업 군인이 아닌 다른 길을 택했을지도 모르죠."

"참 이상해요." 영사가 고개를 끄덕이며 말했다. "생각해 보면, 이미 정해진 운명대로 인생을 사는 사람들이 있는가 하면, 어떤 사람들은 매년 인생이 바뀌거나 때론 날마다 운명이 바뀌는……."

영사는 머리를 흔들면서 말끝을 흐렸다. 특별한 내용은 없는 평범하기 그지없는 소리였지만, 끝맺지 못한 영사의 말이 빌리의 불안감을 다소 덜어주었다. 영사와 관계를 돈독히 해야겠다고 마음먹은 빌리는 모든 걸 체념한 사람처럼 보여야겠다고 생각했다. 그러고는 깊이 생각도 하지 않고서, 군복을 벗고 직업을 바꿔야 하는 상황에 놓였던 장교들이 있었다고 말했다.

"그렇습니다." 영사가 응수했다. "맞는 말씀이에요. 하지만 그들 대부분은 스스로 선택해서 직업을 바꾼 게 아닙니다. 그리고 그들은 실제로 위태로운 상황에 빠졌다기보다는 오히려 위태로운 상황에 빠졌다고 스스로 느끼는 겁니다. 그리고 원래 직업을 다시 찾을 능력도 없고요. 반면에 우리 같은 사람들, 다시 말해 아무런 특권이나 높은 신분도 갖지 못하고 태어난, 예를 들어 나 같은 사람은 최소한 여섯 번 정도 천당과 지옥을 오르락내리락했었지요. 내가 얼마나 저 밑바닥까지⋯⋯, 하, 내가 과거에 어디까지 떨어졌었는지 당신의 동료 장교들이 알았더라면 나와 노름판에 같이 앉지도 않으려 했을 겁니다! 게다가 당신 동료 장교들은 카드 게임을 하기 전에 참가자 뒷조사를 하는 걸 중요하게 생각하지 않나 봐요!"

빌리는 할 말을 잃었으며, 너무나 곤혹스러운 나머지 어떻게 행동해야 할지 우물쭈물 망설였다. 그래, 빔머나 그라이징이 지금 이 자리에 있다면 적절히 대응했을 텐데. 하지만 그 자신은 침묵해야 했다. 그는 궁금한 걸 묻지도 못하고 있다. 영사가 말한 밑바닥이란 게 도대체 뭘까? 노름 참가자에 대해 뒷조사를 한다는 게 무슨 소리야? 물론 빌리도 그게 무슨 뜻인지 대략 짐작은 갔다. 그 자신이 밑바닥에 와 있으니까. 그는 지금 엄청나게 깊은, 불과 몇 시간 전에는 상상도 못 했던 대단히 깊은 바닥에 떨어져 있었다.

비록 한때 밑바닥에 떨어졌던 사람일지라도, 그는 지금 그런 사람의 호의와 친절 그리고 자비심에 호소해야 하는 상황에 처했다. 영사가 과연 자비를 베풀까? 그게 문제였다. 도박 빚을 1년이나 5년 내에 분할 지급하게 해주거나 돌아오는 일요일에 설욕전을 하도록 허용할까? 그럴 가능성은 없어 보인다. 지금 당장은 그럴 가능성이 전혀 보이지 않는다. 그가 자비의 손길을 내밀지 않는다면 어떻게 해야 하나? 그렇게 되면, 외삼촌 로베르트를 찾아가 부탁하는 수밖에 없을 것이다. 하지만, 외삼촌 로베르트를 찾아간다니! 정말 귀찮기도 하고 내키지 않는 일이지만 시도는 해봐야 한다. 무조건 외삼촌에게 간청해야 한다……. 조카의 직장과 인생, 목숨이 걸린 여간 큰 문제가 아닌데, 부탁을 거절한다는 건 있을 수 없다. 죽은 여동생의 외아들인 조카의 인생이 위험에 처해 있다. 물론 이자 소득으로 검소하게 생활하는 사람이지만, 그래도 돈이 좀 있으니 은행에서 돈을 찾기만 하면 될 것이다! 1만 1천 굴덴이라고 해봤자 외삼촌이 가진 재산의 10분의 1, 아니 20분의 1에도 못 미치는 돈일 텐데! 사실 1만 1천 굴덴이 아니라, 1만 2천 굴덴을 부탁해도 상관없겠다. 그게 무슨 문제가 될까? 그렇게만 된다면 보그녀도 구할 수 있으리라. 그런 상상을 하자 금방 희망이 느껴졌다. 신의 섭리에 따라 그의 고결한 의도가 보상받는 기분이었다. 어쨌든 그런 것은 영사가 완강하게 나오지 않을 경우에는 고려할 사항도 아니었다. 아직은 영사의 속마음을 확인하지 못했으니까. 빌리는 영사를 힐끔 쳐다보았다. 영사는 과거를 회상하는 듯 보였다. 모자를 담요 위에 얹어놓은 영사는 금방

이라도 미소를 지을 사람처럼 입을 반쯤 벌렸다. 지금 다시 보니 나이가 꽤 많아 보였으나 모질고 엄한 인상은 아니었다. 지금이 적절한 타이밍 아닐까? 그런데 무슨 말부터 해야 하나? 돈을 갚을 처지가 아니라고 고백해야 하나? 아무 생각 없이 일을 저질렀다고, 정신줄을 놓았었다고, 특히 마지막 15분은 아무 생각이 없었다고 실토해야 할까? 이렇게 말하면 어떨까? 영사가, 그래 맞아, 이건 말해도 될 거야. 영사가 그에게 돈을 쓰라고 들이대지 않았더라면, 그렇게 제정신을 못 차리고 무모한 짓을 하는 일은 없었을 거라고.

"새벽에 마차를 타고 달리니 정말 기분이 좋군요. 안 그래요?" 영사가 물었다.

"정말 상쾌하군요." 소위가 온 힘을 다해 영사의 말에 호응했다.

영사가 말을 이었다. "다만, 노름을 하건 여타 멍청한 짓을 하건 간에, 온밤을 꼬박 지새우고 나야 이런 상쾌한 기분을 느끼는 것 같아요."

그러자 소위가 얼른 대꾸했다.

"아, 제 경험을 말씀드리자면, 밤을 꼬박 새지 않고도 이른 새벽 시간에 밖에 나온 경우가 드물지 않습니다. 예를 들어, 그저께만 해도 새벽 세 시 반에 중대원들과 함께 연병장에 나왔었죠. 프라터 지역에서 훈련이 있었거든요. 물론 마차를 타고 하는 훈련은 아니었습니다."

영사가 호탕하게 웃었다. 웃음소리가 조금 부자연스럽게 들리긴 했지만 빌리는 기분이 나쁘지 않았다.

영사가 말했다. "그렇습니다. 저도 비슷한 경험을 여러 번 했지요. 저는 물론 장교가 아니었고, 자원입대를 하지도 않았습니다. 소위님, 제가 젊었을 때는 3년 동안 군 복무를 했었죠. 저는 상병으로 제대했습니다. 많이 배우지도 못해서 그렇게 된 거죠. 하지만 세월이 흐르는 동안 이것저것 좀 배웠지요. 여행을 많이 다니다 보면 그럴 기회가 생기거든요."

"영사님은 여러 나라를 다니셨군요." 빌리가 맞장구쳤다.

"네, 정말 많은 나라를 보고 다녔죠! 안 가본 나라가 거의 없습니다. 다만 이번에 영사로 가게 될 에콰도르는 처음이지요. 가까운 시일 내에 영사라는 신분을 숨기고 일단 가볼 생각입니다." 영사가 웃었고, 피곤하지만 빌리도 그를 따라 웃었다.

마차는 길게 뻗은 길을 따라 허름한 잿빛 단층집들이 늘어선 동네를 지났다. 어느 집 앞마당에서 셔츠 차림의 노인이 나무에 물을 주고 있었다. 일찌감치 문을 연 어느 가게에선 누추한 옷차림의 젊은 여자가 우유가 가득 담긴 우유 통을 들고 나왔다. 빌리는 두 사람이 부러웠다. 정원에 물을 주는 노인, 남편과 아이들을 위해 우유를 사는 여인을 보며 부러움을 느꼈다. 그는 이들이 자신보다 훨씬 행복하다고 느꼈다. 마차는 음산한 분위기를 풍기는 높은 건물 앞을 지났다. 법원 경비병이 그 앞에서 오락가락하며 보초를 서고 있었다. 경비병이 소위에게 경례하자 소위는 평소 부하들에게 할 때보다 훨씬 정중하게 답례했다. 과거의 일이 생각난 듯 영사가 경멸에 찬 눈빛으로 법원 건물을 바라보자 빌리는 이런저런 생각을 해보았다. 영사의 과거에 십중팔구 오점이 있을 것이지만 지금 이 순간 그게 무슨 소용인가? 노름빚은 노름빚이다. 죄를 지은 사람도 노름빚을 내놓으라고 요구할 권리는 있다. 시간이 흐르고 말들은 점점 더 빠른 속도로 달렸다. 한 시간, 아니, 30분이면 빈에 도착할 것이다. 빈에 도착하면 뭘 어떻게 해야 하나?

"그런데 그라이징 소위 같은 놈들은 마음대로 돌아다니게 한다니까." 아무 말 없이 혼자만의 생각에 빠져 있던 영사가 갑자기 그라이징 소위 이름을 들먹였다.

빌리는 생각했다. 그럼 그렇지. 이 인간, 교도소에 간 적이 있는 거야. 하지만 그것도 지금은 아무 문제가 되지 않았다. 다만 지금 영사가 한 말은 이 자리에 없는 동료 장교를 명백히 모욕한 것이다. 못 들은 척, 아니면 그의 말이 옳다고 인정하고 그냥 넘어갈까?

"영사님, 제 동료 그라이징은 끌어들이지 않으셨으면 합니다."

그러자 영사가 손을 내저으며 말했다. "정말로 놀라워요. 체면을 그렇게나 중시하는 신사 양반들이 어떻게 그런 인간과 같이 앉아서 카드 게임을 하냐는 겁니다. 철없고 순진한 소녀를 고의적으로 위험에 빠뜨리고 병들게 만든 놈을 말입니다. 그 소녀는 지금 사경을 헤매고 있어요."

"우린 모르는 일입니다. 최소한 저는 처음 듣는 얘기

입니다." 당황한 빌리가 가라앉은 목소리로 대꾸했다.

"하지만, 소위님, 물론 당신을 비난하려고 하는 말은 아닙니다. 소위님에게 무슨 책임이 있겠습니까! 소위님의 힘으로 해결할 수 있는 일도 아니고요."

빌리는 적당한 답변을 생각해 보았지만 아무 생각도 떠오르지 않았다. 다만 영사가 한 말을 당사자에게 알려 줘야겠다고 생각했다. 아니면 투구트 군의관과 비공식적으로 먼저 의논해 보아야 하나? 혹은 빔머 중위에게 조언을 구해 볼까? 하지만 그건 그라이징의 문제일 뿐, 나와 무슨 상관이 있나? 지금 당장 급한 건 빌리 본인의 문제다. 지금 그의 직장, 그의 인생이 경각에 달렸다. 멀리 동쪽 하늘에선 벌써 여명이 밝아오며 고딕식 석탑인 스피너린 암 크로이츠의 모습이 시야에 들어왔다. 하지만 빌리는 여전히 부채 지급 기한을 연장할, 조금이라도 연장할 만한 적당한 핑곗거리를 찾지 못하고 있었다. 그때, 영사가 그의 팔을 살짝 건드리는 느낌이 들었다.

"미안합니다, 소위님. 그 사람 얘긴 이제 그만합시다. 사실 그라이징 소위나 다른 사람들이 뭘 하든 말든 나와는 상관없지요. 게다가 이젠 그 사람들과 카드 게임할 일도 없으니까요."

빌리는 흠칫 놀랐다. "영사님, 그게 무슨 말씀입니까?"

"저는 이 나라를 떠날 겁니다." 영사가 냉랭한 목소리로 대꾸했다.

"바로 떠나십니까?"

"네. 내일모레요. 아니, 내일이군요. 화요일에요."

"오랫동안 해외에 계실 겁니까, 영사님?"

"아마도 3년 내지 30년 정도 될 겁니다."

라이히스슈트라세는 벌써 짐마차와 트럭으로 붐볐다. 빌리가 고개를 숙였다. 마차 안으로 스며든 새벽 빛살에 군복 재킷의 금색 단추가 희미하게 빛났다.

"갑자기 떠나게 되신 겁니까, 영사님?"

"아, 그렇지 않습니다, 소위님. 벌써 오래전에 작정한 일입니다. 내일은 에콰도르가 아니라 미국에 갑니다. 볼티모어에 가족들이 있는 데다 제 회사가 거기에 있거든요. 8년 동안 가족도 돌보지 못했고, 제 사업도 직접 챙기지 못했어요."

가정이 있는 사람이었구나. 빌리는 생각했다. 그럼, 리호셰크 양은 어떻게 되는 거지? 영사가 떠나는 걸 그녀도 알고 있나? 내가 참견할 일은 아니지! 이제 시간이 됐다. 내 목숨이 걸린 문제. 그는 자기도 모르게 손으로 목을 매만졌다.

"영사님이 내일 떠나신다니, 이거 참 서운하군요." 빌리가 어찌할 바를 모르는 표정으로 그렇게 말했다. 그러고는 조금 들뜬 어조로 말을 이었다. "저는, 저는 다음주 일요일에 영사님이 저에게 설욕의 기회를 틀림없이 주실 거라고 짐작했습니다."

그러자 영사는 그럴 일은 없다는 듯이 어깨를 으쓱해 보였다. 빌리는 또 생각했다. 이제 어쩌지? 뭘 해야 하나? 그냥 영사에게 빌어볼까? 몇천 굴덴 정도야 영사에게 푼돈 아닌가? 미국에 가족이 있고, 여기엔 리호셰크 양도 있는 데다 미국에서 사업도 한다고 하지 않았나! 고작 몇천 굴덴이 그에게 무슨 의미가 있겠어? 나에게는 사활이 걸린 문제이지만!

마차가 구름다리 밑을 지나갔다. 남부역을 출발한 기차가 굉음을 내며 질주하기 시작했다. 빌리는 생각했다. 바덴으로 가는 사람들이 탄 열차군. 바덴을 지나서 클라겐푸르트, 트리에스트, 그리고 거기서 바다를 건너 다른 나라로 갈 것이다……. 그는 다른 사람들 전부가 부러웠다.

"소위님, 어디에 내려드릴까요?"

"아, 네, 영사님이 편하실 대로 하십시오. 제 거처는 알저 병영입니다." 빌리가 대답했다.

"부대 정문 앞에 내려드리지요, 소위님." 영사가 마부에게 알저 병영으로 마차를 몰라고 지시했다.

"정말 감사합니다, 영사님. 그렇게 안 하셔도 되는데……."

주변 건물들 모두 여전히 잠에서 깨지 않은 듯이 사방이 고요했다. 아직 교통이 번잡하지 않은 시간이라 시내 전차의 선로가 깨끗해 보였다. 영사가 시계를 내려다보고 나서 말했다.

"마부가 말을 잘 몰아서 1시간 10분 만에 왔군요. 소위님, 오늘도 기동 훈련이 있습니까?"

"아닙니다. 오늘은 제가 교육을 맡아야 합니다."

"그럼 잠시 쉴 시간이 있겠군요."

"그렇습니다. 영사님, 그런데 오늘은 그냥 병가를 내

고 쉬려고 합니다."

영사는 고개만 끄덕이고 아무 말이 없었다.

"그러니까, 영사님은 수요일에 떠나신다고요?"

"아니요, 내일, 화요일 저녁." 영사가 한 마디 한 마디 또렷하게 대답했다.

"영사님……, 영사님께 숨김없이 말씀드리겠습니다……. 저로서도 대단히 참담한 일이지만, 그렇게 짧은 시간 내에는 불가능합니다……. 내일 정오까지는 도저히……."

영사는 말이 없었으며, 빌리의 말을 귀 기울여 듣지도 않는 듯했다.

"영사님, 죄송합니다만, 기한을 좀 늦춰주실 수는 없습니까?"

영사가 고개를 흔들자 빌리가 계속 말을 이었다.

"아, 유예 기간을 많이 달라는 건 아닙니다. 영사님께 차용증이나 어음을 써드리겠습니다. 제 명예를 걸고 약속하지요. 2주 안에 갚겠습니다. 분명 좋은 방도가 있을 겁니다……."

하지만 영사는 꼼짝도 하지 않고 기계적으로 고개만 가로저을 뿐이었다.

"영사님," 빌리는 정말 마음이 내키지 않았지만 간청하는 말투로 영사를 다시 설득했다. "영사님, 혹시 제 외삼촌 로베르트 빌람 씨를 아십니까?"

영사는 조금도 변함없이 머리를 가로저었다.

"제가 의지하면서 사는 분이 외삼촌인데, 당장 외삼촌

에게 그 정도의 현찰이 있는지 저도 알 수는 없습니다. 다만 외삼촌이라면 분명 수일 내로…… 그는 돈이 많은 데다 돌아가신 제 어머니의 하나뿐인 오빠입니다. 게다가 이자 수입도 꽤 됩니다."

그런데 빌리가 갑자기 웃음소리처럼 들리는 기묘한 목소리로 말을 이었다.

"영사님이 바로 미국으로 떠나신다니 정말 답답한 일입니다."

"소위님, 제가 어디를 가든," 영사가 차분하게 대꾸했다. "그건 당신이 상관할 일 아닙니다. 아시다시피 노름빚을 24시간 내에 갚아야 하는 건 상식이지요."

"저도 알고 있습니다, 영사님. 저도 잘 압니다. 하지만 이런 경우는 자주 있는 일이며, 제 동료들 중에도 저와 비슷한 상황에 처했던 장교들이 있었습니다. 약속 어음을 받으시든 각서를 받으시든 영사님 생각에 달린 겁니다. 다음 주 일요일까지만 연기해 주십시오."

"소위님, 그렇게는 안 되겠습니다. 내일, 화요일 정오가 최종 기한입니다. 그때까지 갚지 않으면…… 당신네 부대 연대장에게 통보하겠습니다."

마차가 빈 시내의 링슈트라세를 건너 폴크스가르텐 시민공원을 지났다. 갈색 잎이 무성한 나무들이 시민공원의 황금빛 울타리 너머로 고개를 내밀었다. 정말 아름다운 봄날의 새벽이었다. 거리에는 아직 인적이 드물었다. 강아지 한 마리를 데리고 시민공원 울타리를 따라 서둘러 걷는 젊은 여자의 모습만 보였다. 하이칼라 모직

코트를 입은 우아한 외모의 여자였다. 여자가 무심한 표정으로 영사를 쳐다보았다. 그러자, 미국에 아내도 있고 지금은 사실상 배우 엘리프의 여자가 되었지만 바덴에 리호셰크 양도 있는 영사가 고개를 돌려 여자를 바라보았다. 빌리는 생각했다. 그런데 지금 이 상황에서 엘리프가 나와 뭔 상관이람! 내가 왜 리호셰크 양을 걱정하는 거야? 내가 그녀에게 좀 더 잘해줬으면 나를 위해 영사를 설득했을지도 모른다. 빌리는 심각하게 그런 생각까지 해보았다. 다시 바덴으로 돌아가서 그녀에게 지금의 사태를 중재해 달라고 부탁해 볼까? 영사와의 문제를 리호셰크 양이 중재한다고? 그녀가 황당해하며 웃을 일이다. 그녀는 영사를 너무나 잘 알 것이다. 그렇다. 그녀는 분명 영사를 잘 안다…… 빌리를 구원해 줄 가능성이 있는 사람은 외삼촌 로베르트뿐이다. 그게 가장 확실하다. 그게 안 된다면, 머리에 총알을 쏠 수밖에 없다. 틀림없이.

어디선가, 무리 지어 길을 걷는 사람들의 발걸음 소리가 점점 다가오면서 빌리의 귓전에 울렸다. 98연대 훈련이 있는 날인가? 비잠베르크로 훈련하러 가는 중인가? 행군 선두에 선 그의 동료 장교들이 마차에 앉은 그를 본다면 정말 큰일이다. 하지만 다행스럽게도, 걸어오는 사람들은 군인들이 아니었다. 사내아이들이 무리 지어 걸어왔다. 선생님과 함께 소풍 가는 학생들이었다. 창백한 얼굴의 젊은 남자 교사는 이른 시간에 마차를 타고 가는 신사들에게 존경심이 우러난 듯 두 사람을 망연히 쳐다보았다. 한편, 빌리는 저렇게 초라한 학교 선생마저 부러움의 대상이 되는 순간이 오리라곤 꿈에도 생각지 못했다. 마차는 오늘 첫 운행을 시작한 시내 전차를 추월해서 달렸다. 전차에는 작업복 차림의 남자들과 노파 한 명이 타고 있었다. 물청소차가 마차를 향해 다가왔다. 좀 거칠어 보이는 청년이 옷소매를 걷어 붙이고 고무호스를 이리저리 흔들어 도로에 물을 뿌렸다. 수녀 두 명이 고개를 숙인 채 전차 트랙을 건너 보티프 성당 방향으로 걸어갔다. 첨탑 두 개가 하늘을 향해 높게 솟은 성당은 밝은 회색의 웅장한 모습을 드러냈다. 하얀 꽃이 핀 나무 아래 벤치에 지저분한 신발을 신은 젊은이 하나가 앉아 있었다. 무릎에 밀짚모자를 얹어놓은 청년은 기분 좋은 일이 있었는지 얼굴에 미소가 가득했다. 커튼을 드리워 안을 들여다볼 수 없는 마차 한 대가 빠른 속도로 지나갔다. 어느 카페 앞에서 뚱뚱한 노파가 솔과 걸레로 대형 유리창을 닦고 있었다. 평소엔 눈에 들어오지도 않던 사람과 사물이 고통스러울 정도로 강렬하게 빌리의 시야에 가득 차 들어왔다. 마차에 함께 탄 옆 사람은 빌리의 마음속에서 거의 사라진 듯했다. 빌리는 겁먹은 시선으로 그를 쳐다보았다. 영사는 두 눈을 꼭 감은 채 모자를 담요 위에 올려놓고서 몸을 뒤로 젖혔다. 정말 인심도 좋고 관대하기 그지없는 호인의 인상이었다! 그런데…… 이런 사람이 나를 죽음으로 몰고 간다? 영사가 진짜 잠을 자나? 아님, 잠든 척하는 건가? 아무 걱정 마십시오, 영사님. 더 이상 성가

시게 하지 않겠습니다. 화요일 정오까지 돈을 받으실 겁니다. 안 될 수도 있지만! 물론, 그런 일은 없어야……

마차가 부대 정문 앞에 멈춰 섰다. 그러자 영사가 바로 잠에서 깼다. 어쩌면 영사는 잠에서 깨어난 척했을지도 모른다. 그는 눈을 비비기까지 했다. 불과 2분여 잠을 잔 사람치곤 지나치게 과장된 제스처였다. 부대 정문 경비병이 빌리에게 경례했다. 빌리는 마차의 발 디딤판도 딛지 않고 서둘러 뛰어내리고 나서 영사를 향해 웃어 보였다. 그러고는 마부에게 약간의 팁을 주는 여유를 부렸다. 너무 많지도 적지도 않은 액수였으며, 도박판의 손실 정도는 아무것도 아니라는 듯한 신사다운 모습이었다.

"정말 감사합니다, 영사님. 안녕히 가십시오."

그러자 영사는 빌리를 향해 팔을 뻗어 은밀하게 할 말이 있다는 듯이 그를 가까이 불렀다.

"소위님, 충고 한마디 하겠습니다." 영사는 아버지 같은 말투로 말했다. "장교로 남고 싶은 생각이 간절하다면 지금의 상황을 가볍게 여기지 말아요. 내일, 화요일, 정오입니다." 차분하게 경고성 발언을 하고 난 영사가 목청을 높여 외쳤다. "자, 안녕히 가세요, 소위님!"

빌리는 환한 미소를 지어 보이며 군모에 손을 가져다 댔다. 영사가 탄 마차가 방향을 돌려 떠났다.

9장

알저 성당 시계탑에서 4시 45분을 알렸다. 알저 병영의 큰 정문이 열리고 제98연대 소속 1개 중대가 밖으로 나오면서 빌리를 향해 절도 있게 고개를 돌렸다. 그러자 빌리도 군모에 손을 갖다 대어 답례했다.

"비젤티어 생도, 지금 어디 가나?" 빌리가 마지막으로 나온 사관후보생에게 거만한 자세로 물었다.

"포이어베어비제로 훈련 갑니다, 소위님."

빌리가 알겠다는 듯이 고개를 끄덕이더니 부대원들을 바라보았다. 빌리가 정문을 지나 안으로 들어오고 나서 문이 닫힐 때까지 경비병은 경례 자세를 유지하고 서 있었다.

연병장 끄트머리 쪽에서 지휘관의 구령 소리가 들려왔다. 신병들이 하사의 지휘 아래 총검술 훈련을 하고 있었다. 해가 들기 시작한 연병장엔 나무 몇 그루만 있어서 썰렁한 느낌을 주었다. 부대 담장을 따라 걷던 빌리가 자기 방 쪽을 올려다보니 창가에 당번병의 모습이 보였다. 당번병은 아래를 내려다보고 잠시 서 있다가 사라졌다. 빌리는 서둘러 계단을 올랐다. 당번실에 들어온 그는 방으로 들어가기도 전에 옷깃을 풀고 군복 상의를 벗기 시작했다. 당번병이 주전자 물을 끓이기 시작했다.

"소위님, 커피는 금방 드실 수 있습니다."

"좋아." 그렇게 대꾸하고 방으로 들어온 빌리는 방문을 닫았다. 군복 상의를 내려놓은 빌리는 바지와 군화는 벗지도 않은 채 침대에 몸을 던졌다.

그는 골똘히 생각했다. 9시 전에는 로베르트 외삼촌 집에 도착하지 못할 거야. 어쨌든 1만 2천 굴덴을 부탁해 봐야지. 아직 자살하지 않고 살아 있다면 보그너에게 1천 굴덴을 줘야 하니까. 혹시 모르지, 어쩌면 녀석이 경마에서 돈을 왕창 따서 나를 구해 줄지도! 물론, 경마장에서 1만 1천 굴덴이나 1만 2천 굴덴의 돈을 따는 게 쉽지는 않지!

빌리는 눈을 감았다. 스페이드 9, 다이아몬드 에이스, 하트 킹, 스페이드 8, 스페이드 에이스, 클럽 잭, 다이아몬드 4…… 카드들이 춤을 추며 지나갔다. 당번병이 커피를 들고 방으로 들어와 테이블을 침대 쪽으로 밀고서 커피를 따랐다. 빌리는 머리를 한쪽 팔에 기대고 앉아 커피를 마셨다.

"소위님, 군화 벗겨드릴까요?"

빌리가 고개를 저었다. "신경 쓰지 않아도 돼."

"이따가 깨워드릴까요?" 빌리가 멍한 표정으로 쳐다 보자 당번병이 계속 말했다. "무슨 일이든 명령만 내리 십시오, 소위님! 그런데, 일곱 시에 교육이 있습니다."

빌리는 다시 고개를 저었다. "내가 지금 몸이 좀 안 좋아. 병원에 가봐야겠어. 중대장님께…… 아프다고 보 고드려. 알겠나? 사유서는 내가 나중에 제출할 거야. 눈 이 좀 불편해서 아홉 시에 안과에 예약했어. 생도 대표 브릴에게 나 대신 교육을 맡아달라고 부탁하도록. 잠깐 만."

"네, 소위님."

"7시 15분에 알저 성당에 가면 어제 아침에 여기 왔 던 보그너 중위가 기다리고 있을 거야. 그에게 미안하다 는 뜻을 전달하고 유감스럽게도 아무것도 준비하지 못 했다고 말씀드려. 알겠나?"

"알겠습니다, 소위님."

"복창해 봐."

"소위님께서 죄송하다고 하셨습니다. 아무것도 준비 하지 못했답니다."

"유감스럽게도 아무것도 준비하지 못했다…… 아, 잠 깐. 혹시 오늘 저녁이나 내일 아침에 시간 있으면……." 빌리는 당번병에게 무슨 말을 하려다가 갑자기 멈추었 다. "아니야. 됐다. 유감스럽게도 아무것도 준비하지 못 했다는 말로 끝내. 알겠나?"

"알겠습니다, 소위님."

"알저 성당 다녀와서 꼭 보고하도록 하고. 이제 창문 닫고 나가."

당번병이 명령대로 창문을 닫자 바깥 연병장의 힘찬 구령 소리가 차단되었다. 당번병 요제프가 방문을 닫고 나가자 빌리는 다시 자리에 누워 눈을 감았다. 다이아몬드 에이스, 클럽 7, 하트 킹, 다이아몬드 8, 스페이드 9, 스페이드 10, 하트 퀸, 빌어먹을 천한 놈! 빌리는 생각했다. 진짜 하트 퀸은 케스너 양이었다. 내가 그때 그 테이블 근처에 가지만 않았어도 이런 끔찍한 사태는 없었다. 클럽 9, 스페이드 6, 스페이드 5, 스페이드 킹, 하트 킹, 클럽 킹. '소위님, 지금의 상황을 가볍게 여기지 말아요.' 지옥에 떨어질 놈! 그는 돈을 갖게 되겠지만, 나는 그자에게 남자 둘을 보내 결투하게 할 것이다. 그는 그들을 상대하지 못할 것이다. 그는 결투할 능력이 없는 자이다. 하트 킹, 스페이드 잭, 다이아몬드 퀸, 다이아몬드 9, 스페이드 에이스, 카드들이 춤을 추며 지나갔다. 다이아몬드 에이스, 하트 에이스…… 아무 의미도 없는 것들이 끊임없이 지나가자 눈꺼풀 밑에 있는 눈알이 아팠다. 지금 이 순간 그의 머릿속을 빠르게 스쳐 지나가는 카드들보다 더 빠른 속도로 카드들이 오가는 게임은 이 세상에 없을 것이다.

방문을 두드리는 소리가 들렸다. 그는 얼른 눈을 떴지만, 카드들이 여전히 빠른 속도로 지나갔다. 당번병이 방 안에 들어와 서 있었다.

"보고드리겠습니다, 소위님. 소위님께서 애써 주셔

서 감사하다고 말씀하시면서 안부 전해달라고 하셨습니
다."

"그래, 그리고 또, 다른 말은 없었나?"

"네, 없었습니다. 소위님. 중위님은 제 말이 끝나자마
자 뒤돌아서서 바로 가셨습니다."

"아, 바로 갔다……. 그리고 내가 아프다는 보고는 했
나?"

"네, 보고드렸습니다. 소위님."

그런데 당번병이 실실 웃었다. 그러자 빌리가 물었다.

"왜 그렇게 바보같이 웃는 거냐?"

"중대장님께서……."

"왜? 중대장님이 뭐라 그랬는데?"

당번병이 여전히 히죽히죽 웃으며 말했다.

"중대장님이 말씀하시길, 소위님이 사랑에 눈이 멀어
서 안과에 가게 되었답니다."

빌리가 웃지도 않고 아무런 반응을 보이지 않자 당황
한 당번병이 덧붙여 말했다.

"중대장님이 하신 말씀입니다."

"나가 봐." 빌리가 말했다.

빌리는 외출 채비를 하면서 외삼촌 앞에서 할 말을
여러모로 생각해 보았다. 외삼촌의 마음을 움직일 만한
말투도 마음속으로 연습했다. 마지막으로 외삼촌을 본
지 2년이 넘었다. 외삼촌의 얼굴조차 또렷이 떠오르지
않았다. 다른 표정과 다른 습관, 다른 말투 등 전혀 다른
모습의 외삼촌이 머릿속에 계속 그려질 뿐이었다. 그리

고 외삼촌이 오늘은 어떤 모습으로 조카 앞에 서 있을지 상상하기 힘들었다.

어린 시절부터 빌리의 머릿속엔 늘씬한 체구에다 늘 말끔하게 차려입은 젊은이 모습의 외삼촌이 남아 있었다. 물론 빌리보다 25살이나 많은 외삼촌은 나이가 좀 들어 보이기는 했었다. 외삼촌은 당시 대위였던 빌리의 아버지가 근무하던 헝가리의 작은 도시에 가끔 갔었지만, 며칠 만에 돌아오곤 했다. 빌리의 아버지와 외삼촌이 각별히 가까운 사이는 아니었다. 언젠가 부모님이 외삼촌 얘기를 하는 중 언쟁이 벌어졌고 어머니가 울면서 방을 뛰쳐나갔던 일이 빌리의 기억 속에 희미하게 남아 있다. 가족 간의 대화에서 외삼촌의 직업에 대해 얘기한 적이 한 번도 없었으며, 빌리가 기억하는 외삼촌 로베르트 빌람은 한때 공무원으로 일하다가 아내가 일찍 세상을 떠나자 직장을 그만둔 사람이었다. 죽은 아내가 남긴 약간의 재산을 상속받은 외삼촌은 그때부터 이자 수입으로 생활하면서 여행을 많이 했다. 그는 여동생의 부고를 이탈리아에서 들었지만, 장례식이 끝나고 나타났다. 빌리는 어머니 무덤 앞에 서 있던 외삼촌의 모습을 지금도 또렷하게 기억한다. 그는 눈물도 흘리지 않았으며 시들지 않은 생화로 만든 화환만 어두운 표정으로 내려다보았다. 그 후 로베르트 빌람은 빈으로 다시 돌아왔으며, 빌리 역시 빈에서 가까운 비너노이슈타트의 육군사관학교에 복귀했다. 그때부터 빌리는 휴일에 외삼촌을 자주 찾아갔으며, 외삼촌은 그를 데리고 극장이나 레스토랑에 갔다. 시간이 흘러 빌리의 아버지가 갑자기 세상을 떠나고 소위 계급장을 단 빌리가 빈의 연대에 배속되자 외삼촌은 자발적으로 빌리에게 매월 용돈을 주었다. 외삼촌이 여행 중일 때도 용돈은 은행을 통해 정해진 날짜에 젊은 장교 빌리에게 전해졌다. 한번은 여행 중에 병이 난 로베르트 빌람이 눈에 띄게 초췌한 몰골로 돌아왔다. 외삼촌은 그 후에도 매달 용돈을 어김없이 보내기는 했다. 하지만 로베르트 빌람의 생활에 뭔가 변화가 있는 듯한 낌새가 보이더니 외삼촌과 조카의 만남이 점점 드문드문해졌다. 어쩌다 밝은 모습으로 나타난 외삼촌은 친밀하게 대하는 척하면서 예전처럼 조카를 데리고 레스토랑이나 극장, 때론 약간의 문제성이 있는 나이트클럽에 갔다. 외삼촌은 젊은 아가씨와 동반하여 나이트클럽에 나타나기도 했는데, 빌리가 처음 보는 그 여자를 그 후론 전혀 만나지 못했다. 그러다 갑자기 외삼촌은 세상 사람들과의 관계를 완전히 끊은 듯 몇 주 동안 두문불출하기도 했다. 그럴 때 빌리가 집으로 찾아가면 그는 심각한 표정으로 통 말이 없었고 나이에 비해 늙어 보였다. 마치 수도사들이 입는 옷처럼 생긴 짙은 갈색 가운을 걸친 외삼촌은 천장이 높고 어둑한 방을 왔다 갔다 했다. 그때 외삼촌의 표정은 온갖 번뇌에 시달리는 사람을 연기하는 배우처럼 보였다. 어느 날엔 전등을 켜놓고 책상에 앉아 책을 읽거나 뭔가 쓰고 있었다. 그럴 때면 두 사람의 대화는 마치 서로가 전혀 모르는 사람들인 양 부자연스러웠으며, 대화가 자주 끊겼다. 언젠가는 로베르트 빌람이 책상 서랍을 갑자기 열더니 손으로 쓴 글이 있는 종이 몇 장을 꺼내 들었다. 불행한 연애 때문에 자살한 빌리의 동료에 대해 얘기하던 중이었다. 외삼촌은 영문을 몰라 머뭇거리는 조카 앞에서 죽음과 불멸에 대한 철학적인 고찰과 여자들에 대한 불편하고 우울한 견해를 담은 글을 읽었다. 외삼촌은 조카가 당혹스러워하는 데다 지루해하면서 앞에 앉아 있다는 사실을 전혀 의식하지 못하는 듯 보였다. 잠시 후 빌리가 막 하품을 하려는 순간, 외삼촌은 원고에서 시선을 거두고 조카를 쳐다보았다. 입가에 공허한 미소가 번지더니 외삼촌은 원고를 접어 서랍에 넣었다. 그러고는 곧바로 젊은 장교의 관심을 끌 만한 다른 얘기로 화제를 바꾸었다. 물론 이처럼 데면데면하게 만난 이후에도 예전처럼 함께 즐거운 밤 시간을 보낸 날이 더러 있었다. 날씨가 화창한 휴일 오후에 둘이 산책을 하기도 했다. 그러다 함께 산책이나 할 생각으로 외삼촌 집에 가던 어느 날, 빌리는 문전박대를 당했다. 그리고 얼마 후, 요즘 바쁜 일이 많으니 당분간 찾아오지 말라는 내용의 편지가 외삼촌에게서 왔다. 게다가 용돈도 보내주지 않았다. 조카를 잊었나 싶은 생각에 빌리는 정성스레 안부 편지를 써서 보냈지만 답이 없었다. 두 번째 보낸 편지도 마찬가지였다. 세 번째 편지에 답장을 보낸 로베르트 빌람은 '안타깝게도 내 형편이 몹시 좋지 않아서 가까운 친척에게도 더 이상의 경제적 지원이 불가하다'라고 밝혔다. 빌리는 삼촌을 직접 만나 대화를 해보려 했으나, 두 번이나 삼촌 얼굴도 보지 못하고 그대로 돌아와야 했다. 세 번 만에 겨우 얼굴을 본 외삼촌은 집에 있으면서도 없는 척하며 서둘러 집 안으로 들어가 버렸다. 아무리 애를 써도 소용이 없음을 깨달은 빌리는 가능한 한 절약하면서 사는 수밖에 없었다. 그러다가 어머니에게 물려받은 얼마 안 되는 돈도 바닥이 드러났다. 하지만 빌리에게 미래의 삶에 대한 진지한 고민이나 걱정 따위는 없었다. 그런데 오늘에 이르러, 상상도 못 했던 시련이 느닷없이 닥쳐 시시각각으로 그를 죄어오고 있었다.

기분이 우울하긴 했으나 아직 희망을 잃지 않은 빌리는 장교 숙소의 나선형 계단을 내려가기 시작했다. 빛이 잘 들지 않아 어둠침침한 계단을 내려가던 빌리는 누군가 뻗은 팔에 가로막혔으나 누구인지 얼른 알아보지 못했다.

"빌리!" 그의 이름을 부른 사람은 보그너였다.

"아, 너였어?"

빌리는 속으로 생각했다. '이 친구가 또 무슨 일로 온 거야?'

"아직 모르나? 당번병 요제프가 얘기 안 했어?"

"알아. 얘기 들었어. 그런데 회계 감사가 내일로 연기됐다고 알려주려고 온 거야."

빌리가 어깨를 으쓱했다. 이젠 정말로 빌리가 신경 쓸 일이 아니었다.

"빌리, 회계 감사가 연기되었다고!"

"나도 충분히 알아들었어." 빌리가 그렇게 대꾸하고 나서 한 계단 내려갔다.

보그너는 빌리가 계단을 계속 내려가도록 내버려두지 않았다.

"이건 좋은 일이 생길 징조라고." 보그너가 외쳤다. "내가 구원될 조짐이 보이는 거야. 카스다, 내가 또 찾아왔다고 화내지는 마……. 네가 어제 운이 없었다는 얘기는 들었어."

빌리가 "물론, 물론 운이 없었지"라고 한숨처럼 내뱉었다. 그러고는 웃음을 터뜨리며 말을 이었다. "가진 돈을 다 잃었어……. 거기다 얼마를 더 잃었지." 빌리는 마치 보그너 때문에 불행한 일을 당했다는 듯 감정을 억제하지 못하고 외쳤다. "1만 1천 굴덴이라고, 빌어먹을, 1만 1천 굴덴!"

"세상에 맙소사, 그건 정말……, 그래서 어쩔 생각……?" 보그너는 말을 잇지 못했다. 이어서 두 사람의 눈빛이 서로 부딪쳤으며, 보그너의 표정이 갑자기 밝아졌다. "그럼, 외삼촌을 찾아가면 되지 않을까?"

빌리는 입술을 깨물었다. 집요한 놈! 정말 뻔뻔스럽군! 빌리는 그렇게 속으로 욕을 했으며, 하마터면 큰 소리로 외칠 뻔했다.

"미안해…… 내가 참견할 일은 아니지……. 내가 정말할 말이 없다. 내게도 책임이 있는 거니까……. 그런데 말이야, 카스다, 생각 좀 해봐. 1만 2천 굴덴이나 1만 1천 굴덴이나 네 외삼촌에겐 별 차이 없을 것 같은데."

"보그너, 네가 아주 미쳤구나. 1만 2천 굴덴은 고사하고 1만 1천도 받지 못할 거야."

"카스다, 어쨌거나 일단 외삼촌을 찾아갈 거잖아!"

"모르겠어⋯⋯."

"빌리⋯⋯."

"모르겠다고." 빌리가 초조한 표정으로 되풀이해서 말했다. "어쩌면⋯⋯ 어쩌면 외삼촌에게 가지 않을지도 몰라⋯⋯. 잘 가라." 빌리가 보그너를 옆으로 밀치면서 계단을 뛰어 내려갔다.

1만 2천과 1만 1천은 차이가 없지 않다. 1천 굴덴이 큰 영향을 미칠 수 있는 거다! 숫자들이 빌리의 머릿속에서 윙윙거렸다. 1만 1천, 1만 2천⋯⋯ 1만 1천, 1만 2천⋯⋯ 1만 1천, 1만 2천! 얼마를 달라고 해야 할지 삼촌을 직접 만나보기 전에는 결정할 필요가 없다. 적절한 때에 판단하면 되니까. 어쨌거나 보그너에게 노름판에서 빚진 돈의 액수를 언급한 건 멍청한 짓이었다. 계단을 내려오다가 멈춰 서지 말았어야 했다. 그 인간의 일이 나와 무슨 상관인가? 군대 동료⋯⋯ 그래, 하지만 진정한 친구 사이는 아니었다! 그런데 지금, 그의 운명이 자신의 의지와 상관없이 보그너의 운명과 엮인 건가? 이건 말도 안 된다. 1만 1천, 1만 2천⋯⋯ 1만 1천, 1만 2천. 그런데 1만 1천보다는 1만 2천이라는 숫자가 더 좋아 보였다. 어쩌면 1만 2천이라는 수가 행운을 가져다 줄지도⋯⋯. 1만 2천이 기적을 일으킬지도 모른다. 알저 병영에서 출발해 시내를 지나 슈테판 대성당 뒤쪽의 좁

다란 길가에 있는 낡은 저택으로 가는 내내 빌리는 외삼촌에게 1만 1천을 부탁할지 1만 2천을 부탁할지 고심했다. 마치 일의 성사 여부가, 아니 결국엔 그의 인생이 그 숫자에 달려 있기라도 하듯.

빌리가 초인종을 누르자 처음 보는 노파가 문을 열었다. 빌리는 빌람 외삼촌의 조카라고 소개하면서 이름을 밝혔다. 그러고는 아주 급한 용무로 왔다면서 외삼촌을 만나고 싶다고, 오래 걸리지는 않을 거라고 말했다. 처음엔 망설이던 노파가 안으로 들어가더니 금방 다시 나와 밝은 표정을 지었다. 빌리는 심호흡을 깊게 한 뒤 곧바로 집 안으로 들어섰다.

10장

외삼촌은 커다란 유리창 앞에 서 있었다. 빌리의 예상과 달리 그는 수도사 옷 비슷한 가운을 입지 않았다. 다소 낡기는 했으나 재단이 잘 되고 색상도 밝은 여름 양복을 입었으며, 색이 약간 바랜 가죽 구두를 신고 있었다. 그는 피곤한 기색이었지만 거리낌 없이 조카를 반기면서 가까이 오라고 손짓했다.

"빌리, 잘 지냈냐? 늙은 삼촌을 다시 보러 오다니 반갑구나. 난 네가 나를 아예 잊고 사는 줄 알았다."

지난번에 왔을 때는 문전박대했고 편지 답장도 안 하지 않았느냐고 따지고 싶었지만 빌리는 조심조심 신중하게 말을 꺼내는 게 좋겠다고 생각했다.

"삼촌은 늘 호젓하게 지내시잖아요. 조카가 찾아오는 걸 반가워하실지 판단이 서지 않았습니다."

방은 예전과 전혀 다름없었다. 책과 종이들이 책상 위에 놓여 있고, 갈색 커튼이 반 정도 걷힌 서가에는 낡은 가죽 장정 서적들이 꽂혀 있었다. 소파 위에는 변함없이 페르시아산 양탄자가 덮여 있고, 자수 쿠션 몇 개가 놓여 있었다. 벽에는 이탈리아 풍경을 담은 누런 판화 두 점과 가족사진이 담긴 금테두리 액자가 걸려 있었다. 빌리 어머니의 사진도 예전과 다름없이 책상 위에 있었다. 빌리는 어머니 사진 액자를 액자의 모양과 테두리만으로 뒤에서도 알아보았다.

"이리 좀 앉지 그러니?" 로베르트 빌람이 빌리에게 앉을 자리를 권했다.

하지만 한 손에 군모를 들고, 옆구리에 찬 군도는 흔들림이 없는 가운데 빌리는 업무상 방문한 사람처럼 뻣뻣이 서 있었다. 그런데 빌리는 그런 자세와는 전혀 어울리지 않는 목소리로 말을 시작했다. "삼촌, 솔직히 말씀드리면, 만일……. 한마디로 말해서, 심각한 문제만 아니었다면 여기에 오지 않았을 겁니다."

"그런 소리 말거라." 다정하게 들리긴 했지만, 조카에게 각별한 관심은 없는 태도로 로베르트 빌람이 대꾸했다.

"제가 지금 상당히 난처한 문제에 빠졌습니다. 간단히 솔직하게 말씀드리자면, 제가 바보 같은 짓을, 너무나 바보 같은 짓을 저질렀습니다. 제가…… 도박을 했는데, 수중에 있던 돈보다 더 많은 돈을 잃었습니다."

"흠, 그건 그냥 바보짓 정도가 아닌데." 외삼촌이 심각한 표정으로 말했다.

"제가 너무 생각이 없었습니다." 빌리가 외삼촌의 말을 수긍하면서 말을 이었다. "정말 터무니없이 경솔한 짓을 했습니다. 변명할 생각은 없습니다. 하지만 지금 상황이, 만일 오늘 저녁 일곱 시까지 노름빚을 갚지 못하면, 저는…… 저는 그냥……."

빌리가 어깨를 으쓱해 보이고는 고집 센 어린아이처럼 입을 꾹 다물었다.

로베르트 빌람은 안타까워하는 표정으로 고개를 저었지만 아무런 반응이 없었다. 정적과도 같은 긴장된 침묵이 흐르고, 이를 견딜 수 없어진 빌리가 다시 입을 열었다. 그는 어제 있었던 일을 다급하게 털어놓았다.

"군 동료 하나가 아파서 바덴으로 병문안을 갔다가 오는 길에, 다른 동료 장교 그리고 지인들을 만나 도박판에 끼어들게 되었습니다. 처음엔 건전하게 카드 게임을 했으나, 시간이 지나면서 광란의 도박판으로 변질되기 시작했습니다. 물론 제가 개입해서 그렇게 만들지는 않았습니다. 도박판에 가담한 자들의 이름은 밝히지 않는 게 좋겠지만, 빚쟁이 한 사람의 이름은 밝히겠습니다. 슈나벨이라는 사람인데, 사업가이자 남미 어느 국가의 영사랍니다. 그런데 그자가 하필 내일 아침에 미국으로 떠난다면서 오늘 저녁까지 노름빚을 갚지 못하면 연대 본부에 알리겠다고 협박했습니다. 그게 뭘 뜻하는지 삼촌은 아실 겁니다."

그렇게 말을 마친 빌리는 피로가 한꺼번에 몰려왔는

지 쓰러지듯 소파에 풀썩 주저앉았다.

삼촌은 빌리 뒤편 벽을 향해 눈길을 던졌다. 하지만 그는 여전히 다정한 목소리로 물었다.

"그 문제의 도박 빚이 도대체 얼마냐?"

빌리는 다시 망설였다. 처음엔 보그너가 필요한 1천 굴덴을 포함하려 했다. 그러나 액수를 조금이라고 부풀려 말했다가는 차질을 빚을지 모른다는 생각이 갑자기 들어서 자신의 도박 빚 금액만 실토했다.

"1만 1천 굴덴!" 로베르트 빌람은 고개를 흔들면서 빌리가 말한 액수를 되풀이했는데, 경악을 금치 못하는 목소리였다.

빌리가 재빨리 대꾸했다.

"꽤 많은 돈이라는 거 저도 잘 압니다. 변명할 생각은 전혀 없습니다. 제가 정말 어처구니없는 경솔한 짓을 했습니다. 제 인생에 처음이자 마지막 실수입니다. 다시는 카드에 손을 대지 않겠다는 맹세 외에는 삼촌에게 드릴 말씀이 없습니다. 엄격하게 저 자신을 관리하고 착실하게 살아서 삼촌의 은혜에 보답하겠습니다. 맹세컨대, 후일 우리 친척 관계에서 생기는 저의 권리를 그게 무엇이든 상관없이 포기하겠습니다. 이번 한 번만, 이번 한 번만 저를 도와주세요, 삼촌."

지금까진 별다른 감정을 내비치지 않던 외삼촌 로베르트 빌람의 얼굴에 차츰 불안한 기색이 역력해졌다. 그는 한 손을 들어 올려 조카의 부탁을 단호히 거절했다. 그러더니 얼른 다른 손마저 들어 올렸다. 그는 과장된 제스처로 조카의 입을 막으려 ·했다. 이어서 평소와는 사뭇 다르게 목청을 높여 정색을 하며 말했다.

"미안하다. 정말 미안하다. 하지만, 아무리 좋게 생각해도 너를 도와줄 수가 없다!"

빌리가 입을 벌려 대꾸하려 하자 외삼촌이 얼른 덧붙였다.

"절대로 너를 도와줄 수 없다. 더 이상 얘기해봤자 아무 소용없어. 애쓰지 말거라." 외삼촌은 그렇게 말하고 나서 자리에서 일어나 창가로 걸어갔다.

뒤통수를 얻어맞은 것처럼 정신을 차리지 못하던 빌리는 생각을 가다듬으며 삼촌을 단박에 설득하여 돈을 받아내긴 힘들겠다고 판단했다. 그는 처음부터 다시 시작했다.

"삼촌, 염치없는 부탁인 거 저도 잘 압니다. 정말 뻔뻔스러운 부탁입니다. 돈을 구할 다른 방도가 있었다면 삼촌에게 올 생각도 하지 않았을 겁니다. 삼촌, 제 처지를 좀 헤아려 주세요. 저의 모든 게, 모든 게 걸려 있습니다. 장교 생활만 끝장나는 게 아닙니다. 어떻게 해야 합니까? 제가 다른 일을 뭘 할 수 있겠습니까? 달리 배운 것도 없고, 아는 것도 없습니다. 군대에서 쫓겨난 장교가 뭘 할 수……. 어제 옛 동료 하나를 우연히 만났는데 그 친구 역시……. 그럴 순 없습니다. 차라리 총알로 제 머리를 날려버리겠습니다. 삼촌, 제발 화내지 마시고, 제 처지를 좀 생각해 주세요. 아버지도 군 장교셨고, 돌아가신 할아버지는 육군 중장이셨습니다. 아아, 제 인생을 이렇게 끝낼 수는 없습니다. 경솔하게 어리석은 짓을 저지르긴 했지만, 이건 너무나 가혹한 형벌입니다. 삼촌도 잘 아시다시피, 저는 상습적으로 노름을 하진 않았습니다. 게다가 저는 한 번도 남에게 빚을 져본 적이 없습니다. 주머니 사정이 나빴던 작년에도 남에게 돈을 빌리지 않고 버텼습니다. 누가 저를 도와주겠다고 했지만 거절했습니다. 물론, 적지 않은 금액입니다! 사채업자에게 빌리기도 힘든 액수일 겁니다. 고리로 돈을 빌린다 해도, 그다음엔 어떻게 되나요? 아마 반년 만에 빚이 두 배로 늘어날 겁니다. 1년 후엔 열 배…… 그리고……."

"빌리, 그만해라." 마침내 빌람이 아까보다 더 날카로운 목소리로 외쳤다. "이제 그만해라. 내가 널 도와줄 형편이 안 되는구나. 너를 돕고 싶지만, 내게 그런 능력이 없다. 알아듣겠니? 나도 무일푼이란다. 돈이 100굴덴도 없어. 여기를 좀 봐라. 여기도, 여기도……."

그가 서랍을 차례차례 열었다. 책상 서랍, 옷장 서랍 등을 전부 열었다. 지폐는 물론이고 동전 하나 없고, 종이 더미와 빈 상자들, 옷가지, 기타 온갖 잡동사니만 들어 있을 뿐으로, 자기 말이 거짓이 아님을 직접 확인하라는 태도였다. 외삼촌은 책상 위에다 자신의 지갑을 내던지며 말했다.

"빌리, 네가 직접 지갑 안을 봐라. 지갑에서 100굴덴 이상 나오면, 네 맘대로 이 외삼촌을 판단하거라."

말을 마친 외삼촌은 책상 의자에 털썩 주저앉더니 두 팔을 덜커덕 책상 위에 내려놓았다. 그 바람에 책상 위에 있던 종이 몇 장이 바닥에 떨어졌다.

빌리는 종이들을 얼른 집어 들면서 외삼촌의 달라진 처지를 증명할 만한 변화가 있는지 찾아보겠다는 듯 방안을 둘러보았다. 하지만 이삼 년 전과 비교해 변한 건 하나도 없었다. 빌리는 삼촌의 말이 사실인지 의심이 생겼다. 2년 전 어느 날 갑자기 조카를 저버린 괴팍한 노인네라면, 거짓말이라도 해서 조카의 끈질긴 간청을 회피하려 하지 않을까? 그럴듯하게 연극을 해서 믿게 만드는 방법으로 말이다. 시내 한복판의 좋은 집에서 하녀까지 두고, 서가에는 멋진 가죽 장정 책들이 꽂혀 있는데다 벽에는 금테두리 액자들을 걸어놓고 사는 사람이 어떻게 저럴 수 있을까? 이렇게 사는 인간이 어떻게 극빈자가 될 수 있나? 불과 몇 년 사이에 그의 재산에 무슨 문제가 생긴 건가? 빌리는 통 믿기질 않았다. 외삼촌의 말을 믿을 만한 근거가 조금도 없었다. 게다가 이제 그냥 단념하고 발길을 돌릴 이유는 더더욱 없었다. 그는 더 이상 잃을 게 없었으니까. 빌리는 마지막 시도를 해보기로 마음먹었다. 그런데 마음먹은 대로 과감하게 시도하지 못했다. 본인이 생각해도 민망하게, 빌리는 외삼촌 앞에서 두 손을 모으고 서서 빌었다.

"삼촌, 제 목숨이 걸린 일입니다. 정말입니다. 제 인생이 걸렸습니다. 제발 부탁드립니다. 제가……."

빌리는 더 이상 말이 나오지 않았다. 그러다 갑자기 뭔가 생각이 떠오른 듯 어머니의 사진을 붙잡은 빌리는 어머니의 이름으로 맹세한다는 듯이 외삼촌의 눈앞에 어머니 사진을 갖다 댔다. 하지만 이마를 찡그린 외삼촌은 빌리의 손에서 사진을 가만히 빼앗아 원래 자리에 가져다 놓더니 작은 목소리로 천천히 말했다.

"네가 노름빚을 진 건 네 어머니와 아무 상관이 없다. 어머니가 도와줄 수 있는 일이 아니야. 나를 도와줄 수 없듯이, 너를 도와줄 수도 없는 거지. 빌리, 나는 널 도와줄 생각이 없으니, 더 이상 변명거리를 찾을 생각도 없구나. 삼촌으로서의 도덕적 의무, 나는 특히 이런 경우엔 도덕적 의무를 인정할 수 없다. 그리고, 내 생각으론, 민간복을 입고서도 어엿한 인간이 될 수 있어. 그 정도 일로 명예를 잃는 건 아니란다. 물론 지금 네가 그걸 이해하긴 힘들 것이다. 다시 한번 얘기하지만 내게 돈이 있다면, 내 말을 믿거라, 돈이 있다면 네게 줄 것이다. 하지만 난 돈이 없다. 난 무일푼이야. 내가 가진 건 종신연금뿐이란다. 그래, 매월 1일과 15일에 약간의 돈을 받는데, 오늘이……."

외삼촌이 씁쓸한 미소를 지으며 지갑을 가리켰다.

"참, 오늘은 27일이구나." 빌리의 눈빛에 기대감이 서리는 걸 눈치챈 외삼촌이 얼른 말을 이었다.

"아, 내 연금을 담보로 돈을 빌릴 수 있다고 생각하는 거니? 아아, 빌리, 어디에서 연금을 받으며, 어떤 조건으로 받느냐에 달린 거겠지."

"삼촌, 혹시 우리가 공동으로 돈을 빌리는 건 가능하지 않……."

로베르트 빌람이 확고한 태도로 빌리의 말을 가로막

왔다. "할 수 있는 게 아무것도 없다. 정말 아무것도 없어." 그러고는 끝없는 절망에 빠진 사람처럼 말했다. "난 너를 도와줄 수 없다. 내 말을 믿어다오. 난 못 한다." 외삼촌은 그렇게 말하고 나서 몸을 돌렸다.

"그렇다면," 빌리가 잠시 뭔가를 생각하다가 말을 이었다. "삼촌께 죄송하다는 말밖에는 제가 할 게 없군요. 안녕히 계십시오, 삼촌."

빌리가 막 문을 나서려 할 때 로베르트의 목소리가 그의 발길을 붙잡았다.

"빌리, 이리 와봐. 네가 그렇게 돌아가게 할 순 없지. 해줄 말이 있다. 솔직하게 말하마. 많은 건 아니지만 내 재산은 아내에게 넘어갔다."

"삼촌, 결혼했군요!" 깜짝 놀란 빌리가 소리쳤다. 빌리의 두 눈이 새로운 희망으로 빛났다. "아, 외숙모에게 돈이 있으면 방법이 있겠군요. 그러니까 제 말은, 삼촌께서 외숙모에게 말씀해 주시면……."

로베르트 빌람이 급히 손을 내저으며 조카의 말을 막았다. "난 그 여자에게 아무 말도 안 할 거다. 더 이상 나를 설득하려 들지 말아라. 다 부질없는 짓이야." 외삼촌이 말을 멈추었다.

하지만 마지막 희망을 그냥 포기할 수 없는 빌리는 외숙모 얘기를 계속 이어가려고 애를 썼다. "외숙모님이 빈에 살지 않으십니까?"

"빈에 살아. 하지만 보다시피 나와 함께 살지는 않는다." 외삼촌은 방을 오락가락하더니 쓸쓸한 웃음을 지으며 말했다. "나는 너보다 더 많은 걸 잃었단다. 그래도 이렇게 멀쩡히 살아 있지. 빌리……." 그는 갑자기 말을 멈추었다가 금방 다시 입을 열었다.

"나는 1년 반 전에 자청해서 내 전 재산을 그 여자에게 넘겼지. 그 여자보다는 나 자신을 위해 그렇게 했단다……. 내가 집안 살림을 알뜰하게 못 하거든. 아내가…… 아내가 알뜰살뜰 살림을 잘해서 돈을 그냥 다 맡겼던 기야. 게다가 그녀는 사업 수완도 좋았고, 나보다 돈 관리하는 능력이 뛰어났어. 아내는 내 돈으로 여러 기업에 투자했단다. 나는 그 회사들에 대한 세세한 정보도 알지 못했어. 정보가 있어도 어차피 이해하지 못했겠지만. 그리고 내가 받는 투자 수익은 12.5퍼센트야. 적은 액수는 아니었기에 불평할 수도 없었지……. 12.5퍼센트. 그 이상은 동전 하나도 못 주겠다더군! 나는 수익금을 앞당겨서 달라고 아내에게 강력히 요구했지만, 소용없었어. 두 번이나 요청했다가 결국 포기하고 말았지. 그 이후, 나는 6주 동안 아내를 못 봤단다. 아내는 또 그런 터무니없는 소릴 하면 아예 얼굴도 못 볼 줄 알라고 엄포를 놓았어. 난 이제 모험하면서 살고 싶지 않다. 빌리, 난 아내가 필요해. 난 아내 없인 못 살아. 난 8일에 한 번 아내를 만나고 있단다. 아내가 8일에 한 번 나를 보러 여기로 와. 그래, 아내는 우리가 결혼하면서 합의한 내용들을 분명하게 지키는 여자야. 아내는 정말 이 세상에서 가장 믿을 만한 여자야. 아내는 8일에 한 번 반드시 내 집에 오고 돈도 매달 1일과 15일에 정확

하게 들어와. 여름에는, 어김없이 약 2주 동안 함께 도
시를 떠나 여행을 다녀오지. 그것도 우리 계약에 들어
있는 내용이거든. 하지만 나머지 시간은 그 여자 맘대로
야."

"그럼, 삼촌은 외숙모를 전혀 찾아가지 않는단 말씀입
니까?" 외삼촌의 말이 다소 황당무계하게 들린 빌리가
그렇게 물었다.

"빌리, 물론 나도 아내를 찾아간단다. 크리스마스이브,
부활절 당일, 그리고 성령 강림절 월요일에 찾아가지.
올해는 6월 8일이 되겠군."

"만약에 삼촌께서, 죄송합니다, 삼촌, 이런 걸 물어봐
서. 만약에 삼촌이 어느 날 갑자기 외숙모에게 가고 싶
으면 그냥 찾아가서…… 삼촌이 그분의 남편이니까요.
삼촌이 가끔은 그렇게 하는 게 외숙모의 콧대를 꺾는
방법일지도 모릅니다……."

"이제 그런 모험은 할 수 없다." 로베르트 빌람이 빌
리의 말을 가로막았다. "언젠가…… 이미 네게 다 얘기
했으니 숨길 것도 없겠구나……. 한번은 내가 저녁 시간
에 아내가 사는 집 동네를 서성거린 적이 있었단다. 아
내의 집과 가까운 데를 서성거렸던 거지. 두 시간 동안
이나……."

"그래서요?"

"난 그날 저녁에 아내를 못 봤다. 그런데 이튿날, 아내
가 내게 편지를 보냈지 뭐니. 자기 집 근처를 또 얼씬거
리면 다신 볼 생각 말라는 내용이었지. 빌리, 사정이 이

렇단다. 내 장담하는데, 설사 내 목숨이 경각에 달려 있다고 해도, 내가 파멸하도록 내버려두었으면 두었지 매달 수익금 몇 푼 주는 거 말고는 네가 지금 필요하다는 그 금액의 10분의 1도 내주지 않을 여자다. 내 아내의 마음을 움직이기보다는 차라리 영사에게 사정 좀 봐달라고 호소하는 게 가능성이 훨씬 클 거야."

"그런데…… 외숙모님은 원래 그런 분이셨습니까?" 빌리가 물었다.

"그런 게 이제 무슨 소용이냐?" 로베르트 빌람은 조카의 질문이 맘에 들지 않는다는 투로 대꾸했다.

"그녀의 모든 걸 미리 알았더라도 어쩔 수 없었을 거다. 아내를 처음 본 순간부터 나의 불행한 운명이 결정되었지. 처음 본 순간부터는 아니더라도, 첫날밤부터, 즉 우리 결혼식 날 밤부터 피할 수 없는 비운이 시작된 거야!"

"그렇게 된 거군요." 빌리가 중얼거리듯 말했다.

로베르트 빌람이 크게 웃었다. "아, 빌리, 넌 그 여자가 부잣집에서 자란 단정한 여자라고 상상하겠지? 빌리, 네 추측이 틀렸다. 그 여잔 매춘부였어. 누가 알겠니. 지금도 어디서 다른 남자들과……."

빌리는 어떻게든 못 믿겠다는 표정이나 제스처를 지어야겠다고 생각했다. 그는 실제로 외삼촌의 말이 믿기지 않았다. 외삼촌의 말을 다 듣고 난 빌리의 머릿속에 그의 아내가 젊고 유혹적인 모습으로 그려지지 않았기 때문이다. 빌리는 외삼촌의 얘기를 쭉 들으면서 삐삐 마르고 누런 피부에 철 지난 옷을 걸친, 코가 길쭉한 중년 여인을 상상했었다. 빌리는 잠시 생각해 보았다. 혹시 아내의 신상에 관해 의도적으로 왜곡하거나 부당하게 말해서 그간 참고 참았던 울분을 터뜨린 건 아닐까? 하지만 로베르트 빌람은 빌리가 입을 열지 못하게 자기 얘기만 이어 나갔다.

"그래, 어쩌면 매춘부라고 부르는 건 좀 지나치겠군. 그때 아내는 거리에서 꽃을 팔고 있었어. 4, 5년쯤 전에 호르니히 술집에서 그 여자를 처음 만났지. 아, 그때 너도 거기에 같이 있었어. 어쩌면 너도 그 여자를 기억할지 모르겠구나."

생각나지 않는다는 표정으로 바라보는 빌리에게 외삼촌은 이렇게 말했다.

"그때 그 술집에 여러 사람이 있었어. 가수 크리바움을 위해 파티를 연 날이었지. 아내는 헝클어진 금발 머리에 붉은빛이 도는 드레스를 입었고 목에는 파란색 리본을 매고 있었어."

외삼촌이 원통한 표정을 지으며 말을 이었다.

"천박해 보이는 여자였지. 그러다 이듬해에 로나허 극장에서 만났는데 그때는 외모가 많이 달라져 있더군. 원하는 남자를 제 맘대로 고를 수 있을 정도의 외모였지. 안타깝게도 나는 그녀와 함께할 행운을 잡지 못했어. 다시 말해서, 내 나이에 걸맞지 않게 그 여자를 위해 쓸 돈이 충분하지 않았던 거야. 아, 그러다 결국 주변에서 흔히 일어나는 뻔한 스토리가 펼쳐졌지. 판단력을 상실

한 바보 같은 중늙은이가 젊은 여자에게 푹 빠진 거야. 그렇게 해서 나는 2년 반 전에 레오폴디네 레부스 양을 아내로 맞이하게 되었단다."

빌리는 생각했다. 그러니까, 그 여자의 성이 레부스였구나. 외삼촌이 얘기한 젊은 여자가 레오폴디네였어. 오래전에 잊은 이름이지만, 외삼촌이 '호르니히'라는 술집 이름과 빨간 드레스, 헝클어진 금발을 언급한 순간, 기억이 또렷하게 되살아났다. 당연한 일이지만, 빌리는 외삼촌에게 들키지 않게 정신을 바짝 차려야 했다. 비록 외삼촌이 레오폴디네 레부스 양의 과거에 대해 환상을 갖지는 않은 듯 보이지만, 그날 밤에 빌리와 그녀 간에 있었던 일을 알게 된다면 기겁을 하고 놀라 자빠질 것이기 때문이다. 그날 새벽 세 시, 외삼촌을 집에 바래다준 빌리는 은밀하게 레오폴디네를 다시 만나 아침까지 함께 있었다. 따라서 혹시 모를 사태에 대비해 빌리는 그날 밤을 전혀 기억하지 못하는 척했으며, 외삼촌에게 격려의 말이나 건네는 게 좋겠다고 생각했다. 빌리는 머리칼을 흐트러뜨리고 다니는 여자들이 성실한 가정주부이자 착한 아내가 되는 경우가 적지 않다고 말했다. 한편, 그와 정반대로 좋은 집안 출신에다 결점을 찾아볼 수 없을 정도로 명성이 자자한 아가씨들이 남편들의 마음을 크게 상하게 하는 사례가 흔하다는 말도 빠뜨리지 않았다. 빌리는 어느 남작 집안의 딸을 예로 들었다. 지체 높은 귀족 집안 출신의 이 젊은 여자는 평소 알고 지내던 남자 친구들 가운데 하나와 결혼했다. 그런데 그녀는 결혼한 지 2년도 지나지 않아 어느 살롱에서 다른 남자 친구를 만났다. 그 살롱은 남자들이 '양갓집 규수들'을 돈 주고 사는 업소였다. 미혼이었던 이 남자 친구는 여자의 남편에게 사실을 알렸다. 그 결과 남자들 간에 결투가 벌어졌으며, 남편은 크게 중상을 입었고 여자는 자살했다. 외삼촌도 그 사건을 신문에서 읽어 알고 있었다! 많은 사람의 입에 오르내리며 큰 파장을 일으킨 사건이었다. 빌리는 자신의 일보다 그 사건에 관심이 더 많은 듯 신바람이 나서 떠들어댔다. 로베르트 빌람이 이상스럽다는 표정으로 빌리를 쳐다보자 정신을 차린 빌리는, 비록 자신이 그런 얘기를 꺼낸 이유를 외삼촌이 전혀 짐작하지 못하겠지만 이젠 목소릴 낮추고 지금 상황에 어울리지도 않는 얘기는 그만두는 게 좋겠다고 판단했다. 그는 갑자기 이렇게 말했다.

"외삼촌 말씀을 듣고 보니 더 이상 외삼촌에게 떼쓰지 않는 게 좋겠습니다. 레오폴디네 레부스 외숙모보다는 슈나벨 영사를 찾아가 부탁하는 게 가능성이 훨씬 높을 것 같습니다. 아니면 물려받은 유산이 좀 있는 훼히스터 중위나 어제 함께 노름했던 군의관에게 부탁해 보아야겠네요. 우선 훼히스터가 부대 안에 있는 날이니까 당장 가서 만나봐야겠습니다."

그는 빨리 가야겠다는 조급한 마음에 엉덩이가 들썩들썩했다. 시계를 확인한 빌리는 서둘러 움직였다. 외삼촌과 악수를 하고 나서 군도를 허리춤에 단단히 채운 빌리는 외삼촌 집을 나섰다.

11장

레오폴디네의 주소를 알아내기 위해 빌리는 단걸음에 관할 등기소로 뛰어갔다. 목숨이 위태롭다고 하소연하면 레오폴디네가 거절하지는 못할 것 같은 예감이 들었다. 지난 수년 동안 한 번도 떠오르지 않았던 그녀의 모습이 그날 저녁의 기억과 함께 생생하게 되살아났다. 침대에 누워 베개를 베고 있던 그녀의 헝클어진 금발이 눈앞에 보이듯이 선명하게 떠올랐다. 아랫부분이 붉은빛을 띤 베개였다. 낡은 창문 틈으로 들어온 아침 햇살이 어린아이처럼 부드러운 그녀의 하얀 얼굴을 비추었다. 붉은색 이불 위에 드러난 그녀의 오른손 약지엔 가짜 보석이 박힌 작은 금반지가 끼워져 있었다. 빌리가 방을 나서려 하자 손을 흔들어 작별 인사를 하려고 뻗은 왼쪽 손목엔 얇은 은팔찌가 채워져 있었다. 그녀와 함께 행복한 시간을 보낸 빌리는 그녀를 꼭 다시 만날 거라고 다짐했다. 그런데 그 당시 다른 여자가 나타나 빌리를 선점하는 일이 우연찮게 발생했다. 어느 은행가의 애인으로, 빌리는 자신의 경제 사정을 배려해 주는 그녀와 만나면서 단 한 푼의 돈도 쓰지 않았다. 그러다 보니 그 후로 호르니히 술집에 갈 일이 없었다. 또한 결혼했다는 그녀의 여동생 주소로 편지를 쓸 기회도 있었지만 그러지 않았다. 결국 하룻밤을 함께 보낸 이후엔 레오폴디네를 다시 만나지 않았다. 하지만, 그동안 그녀의 삶에 아무리 많은 변화가 있었더라도, 그의 부탁을 거절하여 빌리가 최악을 사태를 맞이하게 구경만 하지는 않을 것 같다는 예감이 들었다.

그는 관할 등기소에서 한 시간을 기다려 레오폴디네의 주소가 적힌 쪽지 한 장을 받았다. 마차를 타고 레오폴디네가 사는 동네로 간 빌리는 어느 좁은 골목 구석에서 내렸다.

그녀의 집은 5층 건물에 있었다. 새로 지은 집처럼 보였으나 외관이 그다지 좋아 보이지는 않았으며 건너편에 목재 야적장이 있었다. 3층으로 올라가 문을 두드리자 깔끔한 옷차림의 하녀가 문을 열었다. 빌람 부인이 집에 있냐고 묻자 하녀는 머뭇머뭇 망설이며 빌리를 아래위로 살폈다. 그러자 빌리가 하녀에게 명함을 내밀었다. '빌헬름 카스다 소위, 제98 보병연대, 알저 병영.' 안으로 들어간 하녀가 금세 주인의 답을 들고 다시 나왔다. 하녀는 지금 주인아주머니가 바쁘다면서 무슨 용무로 왔냐고 물었다. 빌리는 어쩌면 레오폴디네가 자신의 성을 모를 수도 있다는 생각이 들었다. 그때 안쪽 문이 열리면서 옷차림이 남루한 노인이 까만 서류 가방을 들고 밖으로 나오더니 현관문으로 향했다. 빌리는 잠시 생각해 보았다. 나에 대해 뭐라고 소개하고 얘기를 시작해야 하나? 그냥 옛 친구라고 할까, 아니면 좀 재밌게 호르니히 술집에서 만난 남자의 조카라고 말할까? 그때, 안에서 여자 목소리가 들렸다.

"크라스니 씨!"

그런데 이미 건물 계단실까지 간 노인은 여자의 목소리를 듣지 못한 것 같았다. 노인을 부른 여자는 직접 현관에 나와 크라스니 씨를 다시 불렀고 노인은 그제야 뒤를 돌아보았다. 그런데 레오폴디네가, 그녀의 눈빛과 미소가 말해주듯, 소위를 금방 알아보았다. 그녀의 모습은 빌리가 기억하는 외모와 너무 달랐다. 당당한 자세에 몸집이 풍만해져 예전보다 훨씬 커 보였다. 단정하게 손질한 생머리는 굴곡이 없이 곧았으며 차가운 느낌을 주었다. 그리고 코에 걸친 안경과 귀에 연결된 안경 줄이 상당히 인상적이었다.

"안녕하세요, 소위님." 레오폴디네가 빌리에게 말을 붙였다. 그녀의 표정은 예전과 다름이 없었다. "안으로 들어가서 잠깐만 기다리세요." 여자는 빌리에게 방금 걸어 나온 문을 가리켰다. 그러고는 크라시니 씨에게 다가가 계약서가 어쩌고저쩌고하면서 명심하라고 말했다. 물론 작은 목소리로 속삭이듯 말해서 자세한 내용은 빌리가 알아듣지 못했다. 빌리는 안으로 들어갔다. 널찍한 사무실은 햇빛이 잘 들어서 무척 환했다. 방 가운데에 큰 책상이 있고 그 위엔 펜과 잉크, 자, 연필 그리고 거래장부들이 놓여 있었다. 오른쪽 벽과 왼쪽 벽에는 키가 큰 문서 보관 캐비닛이 하나씩 있었다. 뒤쪽 벽에는 신문지와 투자 설명서들이 놓인 작은 탁자 위로 커다란 유럽 지도가 걸려 있었다. 빌리는 문득 한때 근무했던 어느 지방 도시의 여행사가 생각났다. 그런데 곧바로, 낡은 창문과 싸구려 베개가 있던 작은 호텔 방의 모습이 떠올랐다. 그러자 기분이 묘했다. 마치 꿈을 꾸는 듯한 느낌이었다.

레오폴디네가 안으로 들어오더니 문을 닫았다. 그녀는 코안경을 벗어들고 손가락으로 이리저리 돌리며 장난을 치더니 소위에게 손을 내밀었다. 태도는 친절했으나 반가워하는 기색은 보이지 않았다. 빌리가 그녀의 손에 입을 맞추려고 몸을 굽혔지만, 레오폴디네는 얼른 손을 빼면서 말했다.

"자리에 앉으시죠, 소위님. 무슨 일로 오셨나요?"

그녀가 빌리에게 편안한 의자를 내주었다. 본인은 거래장부들이 있는 책상 바로 뒤, 평소에 앉는 자리로 보이는 단순한 형태의 사무용 의자에 앉았다. 빌리는 마치 변호사나 병원 의사 앞에 앉은 사람처럼 몸을 곧추세웠다.

"무슨 일로 오셨어요?"

그녀는 더 이상 참을 수 없다는 목소리로 물었다. 빌

리의 힘을 북돋아 주는 목소리는 전혀 아니었다.

빌리가 가볍게 큰기침을 한 번 하고 나서 입을 열었다.

"외숙모님, 우선 외숙모님 주소를 알려준 사람이 제 외삼촌이 아님을 분명히 말씀드립니다."

그러자 레오폴디네가 깜짝 놀라면서 빌리를 올려다보았다.

"외삼촌요?"

"제 외삼촌 로베르트 빌람 씨요." 빌리가 외삼촌의 이름을 또박또박 언급했다.

"아, 네." 레오폴디네가 미소를 지으면서 빌리를 쳐다보았다.

"외삼촌은 제가 여기 온 사실을 전혀 모릅니다." 빌리의 목소리엔 다급함이 배어 있었다. "일단 그 점을 분명하게 말씀드려야겠습니다." 레오폴디네가 당황한 시선으로 바라보자 빌리는 이렇게 말을 이었다. "저는 외삼촌을 오랫동안 뵙지 못했습니다. 하지만 그게 제 잘못은 아닙니다. 외삼촌은 결혼했다는 소식을 오늘에야 저에게 전했습니다."

레오폴디네가 알겠다는 듯이 고개를 끄덕였다. "담배 피울래요, 소위님?"

레오폴디네가 담뱃갑을 가리키자 빌리가 담배 한 개를 꺼내 입에 물었다. 빌리의 담배에 불을 붙여준 레오폴디네는 그 자신도 거의 동시에 담배를 입에 물고 불을 붙이면서 빌리에게 물었다. "아, 그런데 무슨 일로 오셨는지 알 수 있을까요?"

"외숙모님, 제가 오늘 여기에 온 건 저를 외삼촌에게 가도록 만든 용건과 똑같은 용건 때문입니다. 제가 정말로 참담한 일을 당했기에 바로 말씀드려야겠습니다."

빌리의 말을 듣는 레오폴디네의 표정이 갑자기 눈에 띄게 어두워졌다.

"외숙모님의 시간을 많이 뺏고 싶지 않습니다. 단도직입적으로 말씀드리겠습니다. 3개월만 저에게 약간의 돈을 좀 빌려주십시오."

그런데 빌리에게 황당한 부탁을 받은 레오폴디네의 표정이 이상하리만치 다시 부드러워졌다.

"나를 그렇게 신뢰하다니. 기분이 좋은데요, 소위님." 레오폴디네가 그렇게 말하더니 담뱃재를 털었다. "이런 영광의 은혜를 어떻게 갚아야 할지 모르겠군요. 그런데, 나에게 빌리고 싶은 금액이 얼마인지 물어봐도 되겠어요?" 레오폴디네가 코안경으로 책상 상판을 가볍게 탁탁 쳤다.

"1만 1천 굴덴입니다. 외숙모님." 말을 마치자마자 빌리는 1만 2천 굴덴이라고 얘기하지 못한 걸 후회했다. 하지만 어쩌면 영사가 1만 굴덴에 만족할 수도 있겠다는 생각이 들면서 1만 1천 굴덴으로 끝냈다.

"흠, 1만 1천이라. 정말로 약간의 돈이군요." 레오폴디네가 혀를 끌끌 차더니 물었다. "소위님, 담보는 뭘로 할 건가요?"

"외숙모님, 저는 군 장교입니다!"

레오폴디네가 부드러운 미소를 지어 보였다.

"미안해요, 소위님. 하지만 비즈니스에서 그런 건 담보가 될 수 없답니다. 당신을 위해 보증을 서주겠다는 사람은 있나요?"

아무런 대꾸로 못하는 빌리의 시선이 바닥을 향했다. 얼굴엔 미소를 지으면서 냉정한 태도를 보이느니 차라리 퉁명스럽게 거절했다면 이토록 당황스럽진 않았을 것이다.

"죄송합니다, 외숙모님. 사실 그런 현실적인 문제들을 생각할 겨를이 없었습니다. 저는 지금 대단히 절망적인 처지에 놓였습니다. 내일 아침 여덟 시까지 반드시 갚아야 하는 노름빚입니다. 노름빚을 갚지 못하면 저는 군인의 명예를 잃게 됩니다. 저 같은 군 장교로서는 모든 걸 다 잃는 겁니다."

순간, 레오폴디네의 눈빛에서 동정심을 읽었다고 판단한 빌리는 한 시간 전에 외삼촌에게 말했던, 어젯밤에 벌어진 끔찍한 사태를 낱낱이 밝혔다. 이번에 좀 더 감동적이고 품격 있는 단어를 선택하여 얘기를 늘어놓았다. 레오폴디네는 동정심과 더불어 애처로움을 느끼면서 빌리의 얘기를 경청했다. 빌리가 말을 마치자 그녀는 물었다. "그리고 나…… 나밖에, 빌리, 이런 급박한 상황에서 찾아올 사람이 나밖에 없었어?"

레오폴디네가 존칭을 사용하지 않고 말을 낮추자 빌리는 기분이 좋아지면서 구원자를 만났다는 생각이 머릿속을 스쳤다.

"그렇지 않았다면 내가 여기에 왔을까요? 도움을 청할 사람이 정말 없습니다."

빌리를 이해한다는 듯이 레오폴디네가 고개를 끄덕였다. "얘기를 듣고 보니 마음이 더 아프네." 그녀는 불붙은 담배를 천천히 비벼 끄면서 그렇게 대꾸했다. "그런데 안타깝게도 당신을 도와줄 형편이 못 돼. 돈을 여러 기업에 투자했거든. 현금은 가진 게 별로 없어. 정말 미안해!"

할 얘기가 더 이상 없다는 듯 레오폴디네가 자리에서 일어났다. 큰 충격을 받은 빌리는 자리에서 일어나지 못했다. 다급해진 빌리가 어설픈 자세로 말을 더듬어 가며 그녀가 투자한 회사들의 재정 상태가 좋을 것이므로 은행이나 대부회사에서 대출을 받는 게 가능하지 않겠냐고 사정했다. 레오폴디네는 냉소적인 표정으로 입술을 비죽거리더니 비즈니스 세계를 너무 모르는 빌리에게 너그러운 미소를 지으며 말했다.

"그게 간단한 일이라고 생각하는구나. 내가 당신 계좌로 일종의 재정 거래를 해야 하는 일을 대수롭지 않은 일로 여기는 모양이야. 당신은 담보도 전혀 없는데 말이야! 내가 왜 당신의 노름빚을 떠안아야 하는데?"

빌리에게 레오폴디네의 마지막 말은 부드럽게 들렸으며 심지어 교태를 부리는 여자의 목소리처럼 들렸다. 마치 그녀가 빌리의 부탁을 들어줄 용의가 있으며 마지막 애원의 소리를 기다리는 듯했다. 이 타이밍에 필요한 말을 찾았다고 생각한 빌리가 입을 열었다.

"외숙모님, 레오폴디네, 지금 내 목숨이…… 내 인생이…… 위태롭습니다!"

당황한 레오폴디네는 빌리의 태도가 좀 지나쳤다는 생각이 들며 걱정이 앞섰다. 빌리는 절실함이 밴 목소리로 덧붙였다. "제발, 부탁드립니다."

하지만 레오폴디네의 태도는 완고했다. 잠시 침묵이 흐르고, 그녀는 감정이 전혀 배어 있지 않은 목소리로 단호하게 대꾸했다.

"어쨌든, 내 변호사와 상의하지 않고서는 어떤 결정도 내릴 수 없어."

그 말을 들은 빌리의 눈빛이 새로운 희망으로 빛나는 걸 놓치지 않은 레오폴디네는 그의 희망을 일축하려는 듯 이렇게 덧붙였다.

"오늘 오후 다섯 시에 변호사 사무실에 가야 해. 변호사를 만나 상의할 일이 있거든. 당신 문제도 한번 상의는 해볼게. 하지만 분명히 충고하는데, 큰 기대는 하지 마. 절대로 기대하지 마. 난 당신 문제를 크게 부각하고 싶지 않으니까."

레오폴디네가 갑자기 정색을 하며 말했다. "당신 문제를 변호사와 의논해야 하는 이유를 나도 잘 모르겠네."

하지만 그녀는 다시 미소를 짓더니 빌리에게 손을 내밀어 악수를 청했다. 그리고 이번엔 손등에 입을 맞추는 것을 허락했다.

"언제쯤 소식을 들을 수 있을까요?"

레오폴디네가 잠시 생각하더니 물었다. "어디 살아?"

빌리가 얼른 대답했다. "알저 병영에 있습니다. 장교 숙소 4층, 4호실입니다."

얼굴에 미소가 사라진 레오폴디네가 천천히 말했다.

"저녁 일곱 시나 일곱 시 반쯤이면 내가 당신에게 도움을 줄 수 있을지 없을지 결정이 날 거야."

그녀는 다시 뭔가 생각하는 듯하더니 단호한 어투로 말을 맺었다.

"일곱 시에서 여덟 시 사이에 믿을 만한 사람을 통해 확답을 전할게."

그녀는 빌리에게 사무실 문을 열어주고 나서 그를 따라 나왔다.

"잘 가요, 소위님."

"안녕히 계십시오."

그렇게 답례했지만, 빌리는 마음이 무거웠다. 그녀의 표정이 차갑고 낯설게 느껴졌기 때문이다. 하녀가 현관문을 열어주었고, 레오폴디네 빌람 부인은 벌써 안으로 들어가 자취를 감추었다.

12장

　레오폴디네와 함께 있었던 짧은 시간, 격려와 희망, 안도감 그리고 실망감 등 다양한 감정의 소용돌이에 휩쓸렸던 빌리는 계단을 내려오면서 머리가 어질어질했다. 바깥으로 나오자 비로소 정신이 맑아졌으며, 그에게 호의적인 결말이 펼쳐지리라는 예감이 들었다. 빌리는 레오폴디네가 마음만 먹으면 그에게 돈을 마련해 줄 거란 확신이 섰다. 그녀의 태도로 보아 본인이 원하는 대로 변호사를 움직일 능력이 있는 게 분명했다. 그녀의 마음이 결국 그를 위해 움직일 것 같은 예감이 커지면서 마음이 크게 설레었다. 그리고 갑자기, 미망인 레오폴디네 빌람 부인의 남편, 카스다 소령 부인의 남편이 된 자신을 상상했다.

　하지만 한낮의 열기 속에 인적이 드문 거리를 따라

링슈트라세를 향해 목적 없이 걸어가면서 백일몽에서 깨어났다. 레오폴디네가 그를 맞이한 낡은 사무실, 그리고 잠시나마 여성스러운 매력이 흐르던 그녀의 모습이 떠올랐다. 또한 사무실에 앉아 있는 동안 수시로 그를 주눅 들게 했던 그녀의 굳은 표정이 기억났다. 어떤 내용의 통보가 전해져 오던, 적지 않은 불확실성의 시간이 남아 있었다. 뭐든 하면서 시간을 때워야 했다. 빌리는 이왕 이렇게 된 거, 즐겁게 시간을 보내야겠다고 생각했다. 마지막 즐거운 시간이 될지라도! 빌리는 근사한 호텔 레스토랑에 가서 점심을 먹기로 마음먹었다. 외삼촌과 함께 가서 식사하곤 했던 레스토랑이었다. 레스토랑 안으로 들어간 빌리는 조용하고 쾌적한 구석 테이블에 자리 잡고 앉아 최고급 음식을 먹었고, 당도가 약간 있는 헝가리산 와인 한 병을 주문해서 마셨다. 시간이 얼마 지나지 않아 포만감을 느끼면서 느긋한 기분이 되었으며, 곤경에 처했다는 생각조차 그의 기분을 방해하지 못했다. 손님들이 전부 일어난 레스토랑의 벨벳 소파 구석에 혼자 앉아 고급 시가를 피우면서 오랜 시간을 보내고 나니 머리가 띵하고 어지러웠다. 웨이터가 그에게 이집트에서 직수입한 담배를 권하자 아예 한 상자를 사버렸다. 고급 담배 좀 샀다고 무슨 문제가 되겠는가? 남는 건 당번병 가져다주면 되겠군.

다시 거리로 나온 빌리는, 뭔가 예사롭지 않으면서 흥미로운 모험이 자신을 기다리는 느낌이 들었다. 마치 결투를 앞둔 듯했다. 권총 결투를 하루 앞둔 동료와 함께 시간을 보냈던 어느 날 밤이 떠올랐다. 2년 전의 일로, 처음엔 여자들 몇 명과 함께 어울리다가 단둘이 남아 진지한 대화를 나누었다. 당시 그 동료의 기분이 지금 그의 심정과 비슷했을 것이다. 빌리는 동료의 문제가 원만하게 해결된 그 당시를 회상하며 자신에게도 좋은 일이 있을 조짐으로 받아들였다.

그는 링슈트라세를 따라 천천히 걸었다. 대단히 멋진 옷차림을 아니지만, 몸매가 늘씬하고 그런대로 잘생긴 젊은 장교는 자신을 향해 눈을 깜빡거리며 지나가는 아가씨들에게 다정한 눈길을 보냈다. 그는 노상 카페에 앉아 모카커피를 마셨으며, 담배를 피웠고, 삽화가 많은 잡지를 뒤적거리거나 길을 가는 사람들을 건성으로 쳐다보았다. 그리고 차츰, 원치 않는 일이었지만, 어쩔 수 없는 눈앞의 현실을 자각했다. 오후 다섯 시가 되었다. 매우 느리긴 했지만 어쨌든 시간은 멈추지 않고 계속해서 흘러가고 있었다. 이제 숙소에 가서 좀 쉬는 게 좋겠다. 그는 전차를 타고 병영 앞에서 내렸다. 연병장을 지나 반갑게 인사를 건네는 부대원들을 지나쳐 숙소로 들어왔다. 당번실에서 빌리의 군복을 정리하던 요제프가 특이 사항이 없었다고 보고했다. 다만 보그너 중위가 오전에 왔었다면서 명함을 놓고 갔다고 보고했다.

"이 명함으로 도대체 뭘 어쩌라는 거야?"

울컥 부아가 치민 빌리가 소리쳤다. 테이블 위에 놓인 명함에는 보그너의 집 주소가 적혀 있었다. '피아리스텐가제 20번지' 여기서 멀지 않은 곳이군. 하긴, 그놈

집이 가깝거나 말거나 그게 나랑 무슨 상관이야. 그는 속으로 욕을 했다. 바보 같은 자식. 보그너는 그야말로 빚쟁이처럼 빌리를 쫓아다녔다. 끈질기고 집요하게 달라붙는 놈이었다. 빌리는 명함을 찢어버릴까 하다가 서랍장 위에 아무렇게나 던져놓고는 당번병에게 명령했다.

"이따 저녁 일곱 시에서 여덟 시 사이에 어떤 사람이 나를 찾아올 거다. 남자가 올지, 남자와 여자가 함께 올지, 아니면 여자 혼자 올지, 그건 나도 모르겠다. 아무튼 누가 날 찾아올 거야. 알겠나?"

"네, 알겠습니다, 소위님."

빌리는 방문을 꽝 닫고 나서 소파에 벌러덩 드러누웠다. 소파의 길이가 너무 짧아 두 발이 팔걸이 아래로 축 늘어졌지만, 빌리는 마치 어두운 심연으로 꺼져 들어가듯 깊은 잠에 빠졌다.

13장

뭔가 부스럭거리는 소리에 잠에서 깬 빌리. 날이 벌써 어두워졌다. 눈을 떠보니 하늘색 바탕에 하얀 물방울 무늬가 있는 여름 드레스 차림의 여자가 빌리 앞에 서 있었다. 빌리는 여전히 잠에 취한 채 소파에서 일어났다. 그는 마치 큰 죄를 지은 사람처럼 두려움 가득한 시선으로 젊은 여자와 그 뒤에 선 당번병을 바라보았다. 이윽고 레오폴디네의 목소리가 들렸다.

"소위님, 미안해요. 당번병에게 내가 온 걸 말하지 말라고 부탁했어요. 당신이 깰 때까지 기다리려고 했으니까요."

언제부터 저기에 서 있었을까? 그리고 말투는 왜 저렇지? 옷차림도 달라졌네. 오전에 봤을 때와는 완전히 다르군. 분명 돈을 가져온 거야. 빌리가 나가라고 손짓

하자 당번병이 얼른 방에서 나갔다. 빌리가 레오폴디네를 향해 말했다.

"아, 외숙모님, 편하게 앉으세요. 다시 만나서 정말 반갑습니다, 외숙모님."

빌리는 그렇게 인사한 다음 레오폴디네에게 자리를 권했다.

여자는 밝은 낯빛으로 빌리의 방을 이리저리 두루 살펴보더니 맘에 든다는 표정을 지어 보였다. 그녀의 손에 든 하얀색과 푸른색의 줄무늬 우산이 물방울무늬 원피스와 잘 어울렸다. 챙이 넓은 피렌체 스타일의 밀짚모자는 최신 유행하는 모자는 아니었으며, 체리 모양 장식이 달려 있었다.

"장교 방이 정말 멋지군요, 소위님."

그렇게 말을 뗀 여자의 모자에 달린 체리 장식이 귓가에서 흔들렸다.

"군부대 장교 숙소가 이렇게 편하고 멋질 줄은 상상도 못했어요."

"장교 숙소라고 다 똑같지는 않습니다."

빌리가 내심 만족스러운 표정을 지으며 말했다.

그러자 여자가 미소를 지어 보이며 덧붙여 말했다.

"누가 사느냐에 따라 다르겠군요."

당혹스럽기도 하지만 기분이 좋아진 빌리가 테이블 위에 널브러져 있는 책들을 정리하더니 열려 있는 작은 캐비닛의 문도 꽉 닫았다. 그러고는 호텔에서 산 담배 상자를 열어 레오폴디네에게 담배를 권했다. 여자는 담배를 사양하더니 소파에 살짝 몸을 기댔다. 빌리는 속으로 생각했다. 매력적인 여자야! 부잣집 사모님처럼 보여. 오늘 아침에 본 사업가의 모습이 아니었으며, 오래전 금발 머리 아가씨의 모습도 전혀 찾아볼 수 없었다. 그런데 1만 1천 굴덴을 어디서 마련했을까? 여자는 빌리의 생각을 알아차리기라도 한 듯 미소를 지으면서 장난기 어린 표정으로 바라보더니 천연덕스럽게 물었다.

"소위님은 평소 어떻게 살아요?"

너무 평범한 물음에 빌리가 얼른 대답하지 못하고 머뭇거리자 레오폴디네는 구체적인 내용을 연이어 물었다.

"군 복무하는 게 쉬운가요, 어렵나요?" "진급은 빨리 되나요?" "상관들과의 관계는 어때요?" "바람 쐬고 싶으면 교외로 자주 나갈 수 있어요? 예를 들어서 어제 같은 일요일에요."

빌리가 대답했다. "제가 맡은 업무가 다양하다 보니 쉬울 때도 있고 때론 어렵기도 합니다." "진급은 최소 3년을 기다려야 합니다." "상관들의 명령을 거스른 적이 없습니다. 특히 보지츠키 중령님이 저를 각별하게 아끼십니다." "외숙모님이 생각하시는 것처럼 자주 야외로 바람 쐬러 나가지는 못합니다. 가끔 일요일에 한숨 돌리는 정도입니다."

빌리는 여전히 레오폴디네와는 거리를 두고 테이블 끝에 서 있었다. 레오폴디네는 다정한 표정으로 그런 빌리를 올려다보며 카드 게임 말고 저녁 시간을 보낼 다른 방법을 찾아보기 바란다고 충고했다. 이제 빌리가 기다리던 말이 레오폴디네의 입에서 나올 타이밍이 되었다. 이를테면 이런 말. '그래요, 소위님. 오늘 아침에 당신이 나에게 부탁한 사소한 일, 잊지 않았어요.' 그런데 그녀는 그런 말을 꺼내지 않았다. 빌리에게 암시를 줄 만한 아무런 말도 제스처도 없었다. 그녀는 줄곧 미소 띤 얼굴에 이해한다는 표정으로 빌리를 올려다볼 뿐이었다. 빌리는 그녀와 대화를 이어가는 것 말고는 어쩔 도리가 없었다. 그러다 보니 케스너 집안사람들과 그들이 사는 근사한 교외 저택 얘기도 끄집어냈다. 멍청이 연극배우 엘리프와 옅게 화장한 리호셰크 양 얘기. 새벽에 마차를 타고 빈으로 돌아온 얘기까지 했다.

"재밌었겠다." 그녀가 말했다.

"아뇨, 전혀 그렇지 못했습니다. 카드 게임을 같이 하던 그 노인네 마차를 타고 왔거든요."

레오폴디네는 케스너 양의 머리칼이 금발인지 갈색인지 까만색인지 등 장난스러운 질문도 했으며, 빌리는 잘 모르겠다고 대답했다. 빌리는 아직 진정한 연애를 해본 적이 없다는 투로 대꾸했으며, 이는 다분히 의도적인 것이었다.

"외숙모님, 외숙모님은 저의 사생활을 사실과 전혀 다르게 상상하십니다."

레오폴디네가 입술을 반쯤 벌린 채 연민에 찬 시선으로 빌리를 바라보았다.

빌리가 덧붙여 말했다. "제 곁에 누군가 있었다면, 그처럼 난처한 일을 당하지는 않았을 겁니다."

레오폴디네는 빌리의 말을 이해할 수 없다는 듯, 의아스러운 표정으로 그를 바라보다가 고개를 끄덕였다. 하지만 그녀는 여전히 돈에 대한 이야기를 꺼내지 않았으며, 테이블 위에다 지폐들을 내려놓지도 않고 이런 얘기만 했다. "홀로 서는 것과 혼자 있는 건 다른 거예요."

"네, 맞습니다." 빌리가 그녀의 말에 동의했다.

그런데 레오폴디네는 고개만 끄덕일 뿐 아무 말이 없었다. 대화가 중단되자 마음이 불안해진 빌리는 그녀에게 그동안 어떻게 지냈는지, 재밌는 일이 있었는지 물어보았다. 빌리는 그녀와 결혼한 늙은 외삼촌에 대해서는 언급을 피했다. 또한 호르니히 술집에 대해서도 묻지 않았으며, 특히 낡은 창문을 통해 너덜너덜한 베개 위로 햇살이 내리쬐던 호텔 룸에 대해선 더더욱 말하지 않았다. 두 사람은 어리숙한 소위와 부잣집의 예쁘고 젊은 부인이 나눌 법한 대화를 이어갔다. 마치 서로에 대해 모르는 것이 없으며, 특히 서로 죄를 지은 사실도 잘 알지만 좋은 분위기를 해치지 않기 위해 말을 못하는 사람들인 듯했다. 레오폴디네가 피렌체 스타일 모자를 벗어 탁자 위에 내려놓았다. 모자를 벗은 그녀의 머리 모양은 아침에 봤을 때와 다르지 않았다. 부드럽고 평평한 헤어스타일로, 머리카락 몇 가닥이 동그랗게 감긴 채 관자놀이 위에 흘러내렸다. 빌리는 그 모습을 보며 그녀의 예전 헝클어진 금발 머리를 천천히 떠올렸다.

방 안에 어둠이 짙어졌다. 빌리는 하얀 타일을 붙인

벽난로의 벽감에 있는 램프에 불을 켤까 생각했다. 그
때, 레오폴디네가 모자를 집어 들었다. 별다른 의미는
없는 제스처인 듯 보였다. 그녀가 교외로 놀러 갔던 얘
기를 꺼냈기 때문이다. 작년에 뫼들링과 릴리엔펠트, 하
이리겐크로이츠를 거쳐 바덴까지 다녀왔다고 했다. 그
런데 갑자기, 레오폴디네가 모자를 쓰더니 머리에 고정
하고는 환한 미소를 지으며 가봐야 할 시간이라고 말했
다. 빌리도 미소를 지어 보였다. 하지만 불안감과 당혹
감을 감추지 못하는 미소였으며, 그의 입술에 경련이 일
었다. 나를 조롱하러 왔나? 아니면 나의 불안한 마음과
두려움을 즐기다가 마지막 순간에 돈을 가져왔다고 알
려주면서 기쁘게 해주려는 의도인가? 그게 아니라면 내
가 부탁한 돈을 마련하지 못해 미안하다는 말을 전하
러 왔나? 다만 나에게 어떤 말로 표현해야 할지 몰라 머
뭇거리는 건가? 어쨌거나 그녀가 정말로 방을 나가려는
건 분명해 보였다. 빌리는 어쩔 줄 몰라 하면서도 젊고
예쁜 여자의 방문을 받은 젊은 장교답게 의연한 태도를
보일 수밖에 없었다. 하지만 즐겁게 대화를 나누다가 그
냥 가도록 내버려둘 수도 없는 노릇이었다.

"아직 시간이 이른데 벌써 가십니까?" 빌리는 실망한
연인의 목소리로 물었다. 이어서 다급한 말투로 물었다.
"진짜 이렇게 일찍 가려는 건 아니죠, 레오폴디네?"

"늦었네요." 그녀가 짤막하게 대꾸하더니 조금 성가
시다는 말투로 덧붙였다. "이렇게 아름다운 여름밤인데,
멋진 계획이 있을 게 분명해."

여자가 다시 말을 낮추며 친근하게 말하자 빌리는 안
도의 한숨을 내쉬었다. 새로운 희망이 생기는 듯했으며,
빌리는 그 희망을 쉽게 버릴 수 없었다. 빌리는 아니라
고, 아무 계획도 없다고 강변했다. 지금까지 살아오면
서 이토록 맹세하듯 진심 어린 자세로 말한 적이 없었
다. 잠시 망설이다가 모자를 쓴 채 창문이 열린 창가로
다가간 레오폴디네는 갑자기 바깥에 관심이 생긴 표정
으로 연병장을 내려다보았다. 연병장엔 볼 만한 게 전혀
없었다. 건너편 사병 식당 앞에 병사 몇 명이 긴 테이
블 앞에 앉아 있었다. 어느 장교의 당번병이 소포 하나
를 겨드랑이에 끼고 연병장을 대각선으로 가로질러 뛰
었다. 맥주 통을 실은 조그만 손수레를 밀고 사병 식당
을 향해 가는 당번병의 모습도 보였다. 장교 두 사람이
대화를 나누면서 부대 정문을 향해 걸어갔다. 빌리도 창
가로 다가가 레오폴디네 뒤에 멈추어 섰다. 하늘색 바탕
에 하얀 물방울무늬 드레스가 살랑살랑 부는 바람결을
따라 팔락였다. 레오폴디네가 왼팔을 아래로 축 늘어뜨
리자 빌리가 그녀의 손을 꼭 잡았다. 하지만 레오폴디네
는 천천히 손을 뺐다. 창문이 활짝 열린 건너편 사병 내
무반에서 어느 병사가 트럼펫을 연습하는 소리가 구슬
프게 울려 퍼졌다. 트럼펫 소리가 멈추었다.

"여긴 분위기가 좀 우울해." 레오폴디네가 입을 열었
다.

"그래요?"

그녀가 고개를 끄덕이자 빌리가 이어 말했다. "당신이

우울할 이유가 없을 텐데요."

레오폴디네가 빌리를 향해 천천히 고개를 돌렸다. 빌리는 입가에 미소가 가득한 그녀의 얼굴을 기대했으나, 미소는 간데없고 우울한 표정만 드리워져 있었다. 레오폴디네가 갑자기 기지개를 켜면서 말했다.

"이젠 정말 가봐야겠어. 마리가 저녁 식사를 준비해 놓고 날 기다릴 거야."

"마리를 기다리게 한 적 없잖아요?"

레오폴디네가 대답 대신 미소를 지어 보이자 빌리는 오늘 밤에 함께 식사하는 즐거움을 줄 수 없겠냐고 대담하게 물었다. 그는 당번병을 밖으로 내보내겠다면서 열 시 전에는 집에 돌아갈 수 있다며 레오폴디네를 설득했다. 그녀가 강하게 반발하지는 않는 듯하자 빌리는 황급히 당번실로 나가 당번병에게 이런저런 명령을 내리고 나서 얼른 방으로 들어왔다. 여전히 창가에 선 레오폴디네는 피렌체 스타일 모자를 침대 위로 획 던졌다. 그리고 그 순간부터 그녀는 완전히 딴사람이 된 듯했다. 그녀는 밝게 웃으면서 빌리의 매끄러운 머리를 쓰다듬었다. 빌리는 그녀의 허리를 손으로 감싸 안았다. 그리고 그녀를 소파에 앉게 하고는 그 옆에 앉았다. 하지만 빌리가 가까이 다가가 입을 맞추려 하자 레오폴디네는 얼굴을 획 돌렸다. 머쓱해진 빌리는 더 이상 아무 짓도 하지 못하고 평소 저녁 시간을 뭘 하면서 보내냐고 물었다. 그러자 그녀는 진지한 표정으로 빌리의 눈동자를 바라보며 말했다.

"온종일 너무 바쁘게 보내다 보니 저녁 시간엔 아무도 만나지 않고 편하게 쉬는 게 제일 좋더라."

그러자 빌리는 무슨 사업을 하는지 알고 싶다면서, 어쩌다 사업을 하게 되었는지 궁금하다고 했다. 레오폴디네는 대답을 회피하면서 자기가 하는 일을 이해하지 못할 거라고 말했다. 하지만 빌리는 쉽게 물러서지 않았다. 그동안 뭘 하면서 살았는지 조금이라도 말해달라고 다그쳤다. 자세한 얘긴 아니더라도, 그날, 함께 밤을 보냈던 그날 이후 어떻게 살았는지 대략 말해달라고 했다. 빌리는 묻고 싶은 게 많았으며 외삼촌 이름도 언급하고 싶었다. 하지만 막상 물어보려 해도 입이 떨어지지 않았다. 그러더니 갑자기 행복하냐고 물었다.

레오폴디네가 빌리의 얼굴을 쳐다보며 작은 소리로 대답했다.

"응, 행복해. 특히 난 지금 자유롭게 살고 있어. 내가 늘 간절하게 바랐던 생활이지. 누구에게도 얽매이지 않고 살아. 마치, 여느 남자처럼 말이야."

"다행이군요. 당신이 그 여느 남자와 비슷한 점이 그것뿐이니."

빌리가 여자에게 가까이 다가가 애정을 표현하기 시작했다. 레오폴디네는 빌리의 손길이 닿는 걸 느끼지 못한 듯 가만히 있었다. 그때, 바깥문이 열리는 소리가 들리자 레오폴디네는 얼른 몸을 빼더니 자리에서 벌떡 일어났다. 그러고는 벽난로 벽감에서 램프를 가져와 불을 켰다. 당번병 요제프가 방으로 식사를 들었다. 당번병이 마련해 온 음식을 본 레오폴디네가 만족스러운 듯 고개를 아래위로 가볍게 움직였다.

"손님 접대 경험이 좀 있군요." 레오폴디네가 밝게 웃으면서 말하더니 당번병과 함께 식사 준비를 하면서 빌리는 물러나 있게 했다. 그러자 빌리는 소파에 앉아 담배를 피우면서 말했다.

"부대 사령관이 된 기분입니다."

식사 준비가 끝나고 애피타이저를 테이블 위에 올려놓았다. 빌리는 당번병 요제프에게 퇴근하라고 명령했다. 레오폴디네가 팁을 두둑이 주자 놀라서 어쩔 줄 모른 요제프는 마치 장군에게 경례하듯 절도 있게 거수경례했다.

"당신의 건강을 위하여." 빌리와 레오폴디네는 잔을 들어 가볍게 부딪쳤다. 두 사람이 잔을 비우고 나자 잔을 테이블에 내려놓은 레오폴디네가 갑자기 빌리의 입에 입술을 맞추었다. 그녀는 빌리가 적극적으로 다가오자 그를 밀어내면서 말했다.

"우선, 식사부터 해요." 레오폴디네가 애피타이저 접시들을 내려놓고 음식이 담긴 접시들을 테이블에 올렸다.

레오폴디네는 일과를 모두 마친 후 식욕이 절로 난 건강한 사람처럼 음식을 맛있게 먹었다. 새하얀 치아를 드러내며 예의 바르고 우아한 자태로 식사했다. 근사한 레스토랑에서 멋진 신사들과 함께 만찬을 즐기는 일이 일상인 여자의 매너 같았다. 와인 병이 금세 바닥을 드러냈다. 소위는 마시다 남은 프랑스산 코냑을 캐비닛 안에 잘 숨겨둔 게 기억났다. 코냑을 두 잔 마시자 레오폴디네는 슬슬 잠이 오는 모양이었다. 그녀가 소파 구석에 몸을 기댔다. 그리고 빌리가 가까이 다가가 그녀의 눈에, 입술에, 목에 입을 맞추자 그녀는 빌리를 받아들이며 마치 꿈을 꾸는 양 작은 소리로 그의 이름을 속삭였다.

14장

빌리가 잠에서 깨보니 새벽녘이었다. 상쾌한 새벽바
람이 창문을 통해 불어왔다. 레오폴디네는 벌써 일어나
옷을 다 입고 방 가운데 서 있었다. 머리엔 피렌체 스타
일의 밀짚모자를 쓰고 손에는 양산을 든 채였다. '정말
잘 잤군!' 눈을 뜬 빌리의 머릿속에 처음 떠오른 생각이
었다. 그런데, 돈은 어디 있지? 모자를 쓰고 손에 양산
을 든 그녀는 분명 떠날 준비를 마친 상태로 보였다. 레
오폴디네가 빌리를 향해 아침 인사를 했다. 그러자 빌리
도 그리웠던 사람을 만난 듯 그녀를 향해 손을 뻗었다.
빌리에게 가까이 다가간 레오폴디네는 다정하면서도 심
각한 표정을 지으며 침대에 앉았다. 하지만 빌리가 손으
로 그녀를 끌어당기려 하자 머리에 쓴 모자 그리고 마
치 무기처럼 손에 쥐고 있는 양산을 가리키며 머리를

가로저었다.

"바보 같은 짓, 더 이상 안 돼요." 그녀는 그렇게 말하고 나서 몸을 일으키려고 했다. 빌리는 그녀를 붙잡으면서 울먹이는 듯한 목소리로 물었다.

"떠나려는 건 아니지?"

"가야 해!" 그녀는 결연한 목소리로 그렇게 말하더니 빌리의 머리를 부드럽게 쓰다듬었다. "집에 가서 몇 시간 더 쉬고 싶어. 오전 아홉 시에 중요한 회의가 있거든."

빌리는 그녀가 말한 중요 회의란 게 어쩌면 자신의 문제를 논의하기 위한 회의일지 모른다고 추측했다. 어제는 시간이 없어서 오늘 아침에야 변호사를 만나 상의하려는 모양이라고 생각했다. 마음이 조급한 빌리가 그녀에게 대놓고 물었다.

"당신 변호사와 상의하려고?"

하지만 그녀는 숨김없이 대꾸했다. "아니, 프라하에서 온 사업 파트너와 만나기로 약속이 잡혀 있어."

빌리를 향해 몸을 숙이고 입술과 콧수염을 쓰다듬은 그녀는 빌리의 입술에 가볍게 입맞춤하더니 작은 소리로 "안녕" 하면서 침대에서 일어났다. 그녀는 머뭇거리지도 않고 방문을 열고 밖으로 나갔다. 빌리는 심장이 덜컥 내려앉았다. 떠나려는 건가? 저렇게 그냥 가버리는 건가? 그런데 갑자기 새로운 희망이 솟아오르는 듯했다. 어쩌면 사려 깊은 그녀가 눈에 잘 띄지 않는 곳에 돈을 두고 나가는 건지도 모른다. 두려운 마음과 불안감이 가득한 빌리의 눈길이 방 안 이곳저곳을 헤매었다. 테이블 위로, 벽난로 벽감으로⋯⋯, 아니면 그가 잠든 사이에 베게 밑에 돈을 숨겨두지 않았을까? 빌리는 자기도 모르게 베개를 들췄다. 아무것도 없었다. 혹시 시계 옆에 놔둔 지갑 속에 돈을 넣어놓지 않았을까? 지갑을 열어보면 될 텐데! 하지만, 그 순간 빌리는 레오폴디네가 그의 불행을 고소해하지는 않더라도 그를 비웃으면서 그의 표정, 그의 행동을 계속 눈여겨보고 있음을 깨달았다. 그녀와 눈길을 마주친 건 몇 초에 불과했다. 빌리는 나쁜 짓을 하다가 들킨 사람처럼 얼른 시선을 돌렸다. 그녀는 문 뒤에 서서 손으로 방문 손잡이를 잡고 있었다. 빌리는 그녀의 이름을 외치고 싶었다. 하지만 악몽을 꾸는 듯이 목소리가 나오지 않았다. 침대에서 벌떡 일어나 그녀에게 뛰어가서 가지 못하게 붙들고 싶었다. 그랬다. 그는 잠옷 바람으로 계단을 뛰어 내려가 그녀를 붙잡을 마음의 준비가 되어 있었다. 수년 전, 어느 홍등가에서 화대를 주지 않고 도망가는 남자를 뒤쫓는 매춘부를 보았던 기억이 떠올랐다⋯⋯. 레오폴디네는 빌리가 아직 큰 소리로 자기 이름을 외치지 않았는데도 이미 들었다는 표정으로 방문 손잡이에서 손을 떼지 않은 채 다른 손을 드레스 목둘레선 안으로 집어넣었다.

"하마터면 잊을 뻔했네." 레오폴디네는 태평스러운 목소리로 그렇게 말하면서 방 안으로 들어오더니 지폐 한 장을 탁자 위로 던졌다.

"여기!" 그녀는 그렇게 말하고 나서 다시 방문 쪽으로 물러갔다.

깜짝 놀란 빌리가 침대 끄트머리에서 몸을 일으켜 세우고 지폐를 쳐다보았다. 1천 굴덴짜리 지폐 한 장이었다. 액면가가 더 높은 지폐는 보이지 않았다. 딱 1천 굴덴이었다.

"레오폴디네!"

레오폴디네를 부르는 빌리의 목소리는 그의 원래 목소리가 아니었다. 그녀는 방문 손잡이를 붙잡은 채 뒤돌아보았다. 그녀가 얼음처럼 차가우면서 어리둥절한 표정으로 빌리의 얼굴을 멀뚱히 쳐다보는 순간, 빌리에게는 형언할 수 없는 굴욕감과 수치심이 치밀었다. 그의 인생에서 지금처럼 부끄럽고 치욕적인 일을 당한 적은 없었다. 하지만 이미 엎질러진 물이었다. 게다가 그의 굴욕감이 아무리 가슴 깊이 일었더라도 이젠 물러설 데가 없었다. 어쩔 수 없이 빌리의 입에서 이런 말이 흘러나왔다.

"저기, 레오폴디네, 돈이 너무 적어! 1천 굴덴이 아니라 1만 1천 굴덴을 부탁했잖아. 내가 어제 한 말을 잘못 들었구나."

그런데 레오폴디네가 더욱더 얼음처럼 차가운 시선으로 그를 쳐다보며 서 있자, 빌리는 본능적으로 이불을 잡아당겨 맨다리를 덮었다.

무슨 소린지 모르겠다는 표정으로 빌리를 멀뚱히 바라보던 그녀는 잠시 후에야 그의 말을 이해했다는 듯 몇 차례 고개를 까딱이고 나서 말했다.

"아하, 당신 오해했구나……."

레오폴디네는 고개만 까딱 움직여 1천 굴덴 지폐를 가리키면서 말을 이었다.

"이건 그 일과 아무 상관없어. 이 돈은 당신에게 빌려주는 게 아니라, 주는 거야……. 지난밤에 대한 대가로."

그녀의 반쯤 벌어진 입술 사이로, 그녀의 새하얀 치아 사이로 촉촉하게 젖은 혀가 이리저리 움직거렸다.

빌리는 이불을 걷어차고 침대에서 내려와 그 자리에 똑바로 섰다. 피가 머리끝까지 솟는 느낌이었다. 레오폴디네는 호기심 어린 표정으로 제자리에 서서 빌리를 쳐다보았다. 빌리가 아무 말도 하지 못하고 서 있자 여자가 먼저 입을 열었다.

"너무 적어? 얼마를 더 줘야 하는 건데? 1천 굴덴이나 줬잖아! 옛날에 너는 나에게 고작 10굴덴 줬어. 기억 안 나니?"

빌리가 그녀를 향해 다가갔다. 레오폴디네는 여전히 차분한 모습으로 방문 앞에 서 있었다. 갑자기 1천 굴덴 지폐를 집어 들어 와락 구긴 빌리는 구겨진 지폐를 그녀의 발밑에다 던져버리겠다는 듯 손을 부들부들 떨었다. 그러자 방문 손잡이를 놓고 빌리에게 다가온 레오폴디네는 그의 눈을 똑바로 응시하며 말했다.

"지난 일을 두고 당신을 탓하진 않겠어. 그 당시에 난 돈을 더 달라고 요구하지 못했어. 10굴덴…… 그거면 충분하다고 생각했으니까. 아니, 오히려 많다고 생각했지."

빌리의 눈을 뚫어져라 쳐다보면서 그녀는 이렇게 덧

붙였다.

"더 정확하게 말하자면, 10굴덴 받은 것도 과분하다
고 생각했던 거야."

레오폴디네를 바라보던 빌리가 눈길을 아래로 떨구었
다. 그는 그제야 감이 오기 시작했다.

"내가 그걸 몰랐네." 그의 입에서 힘없이 흘러나온 말
이었다.

그러자 레오폴디네가 말했다. "이제야 알았구나. 이해
하기 어렵지 않은 건데."

빌리가 천천히 레오폴디네에게 눈길을 돌렸다. 뭐라
말로 표현하기 어려운 기이한 광채가 그녀의 눈에서 번
쩍였다. 오래전의 그날 밤에 그녀의 눈에서 번쩍이던 광
채와 똑같이 순수하고 부드러웠다. 갑자기 그날 밤의 기
억이 생생하게 떠올랐다……. 그 당시, 그가 하룻밤을
함께 보냈던 다른 여자들처럼 레오폴디네도 빌리에게
관능적인 쾌락을 주었다. 다른 여자들처럼 레오폴디네
도 그에게 다정하고 부드러운 말을 속삭였다. 그런데 그
녀는 어린아이처럼 가냘픈 팔로 빌리의 목을 끌어안고
그에게 헌신적으로 사랑을 쏟으면서 빌리가 다른 여자
들에게선 느끼지 못했던 희열감을 주었다. 오래전에 잊
은 그녀의 말이 떠올랐다. 그녀는 그가 한 번도 들어본
적 없는 말을 했었다.

"날 혼자 두지 말아요! 당신을 사랑해요."

그는 그간 잊고 살았던 것을 이제 다시 알게 되었다.
그리고 지금 그녀가 그 앞에서 보인 행동, 그것도 이젠

이해되었다. 그날 이른 새벽, 몸과 마음이 지친 레오폴디네가 여전히 곯아떨어져 있는 동안, 옆자리에서 잠을 잔 빌리는 아무 생각 없이 일어났다. 그러고는 액수가 너무 적은 건 아닌지 잠시 생각하다가 10굴덴 지폐 한 장을 나이트 테이블 위에 올려놓았다. 방을 나서려 할 때 서서히 깨어나는 그녀의 잠에 취한 시선을 느낀 빌리는 서둘러 자리를 떴다. 부대로 돌아와 몇 시간 더 침대에 누워 휴식을 취한 빌리가 일과를 시작한 아침, 호르니히 술집에서 만난 꽃 파는 여자는 그의 기억에서 사라졌다.

오래전에 잊은 그날 밤의 일이 또렷하게 떠오르는 동안, 레오폴디네의 눈에 어른거리던 순진하고 부드러운 빛이 차츰 사라졌다. 그녀는 차갑고 어두우면서 낯선 눈빛으로 빌리의 눈을 노려보았다. 그날 밤에 빌리를 바라보던 그 눈빛은 약해져 갔으며, 그에 대한 거부감과 노여움 그리고 분노가 그녀의 눈에 가득했다. 이 여자가 무슨 생각을 하는 걸까? 무엇 때문에 나에게 이렇게까지 하는 걸까? 내가 마치 돈 때문에 그녀와 하룻밤을 보냈다고 믿는 것처럼 행동하는 이유가 뭘까? 나를 매춘부에게 돈이나 뜯어내는 건달쯤으로 여기는 건가? 게다가 매춘부의 서비스에 실망한 난봉꾼처럼 화대를 깎아 모욕을 주려는 뻔뻔함을 보이지 않았나? 행여 잠자리의 대가로 1만 1천 굴덴을 받았더라도 그걸 여자의 발밑에 팽개칠 놈이라고 생각하는 듯했다!

빌리로서는 레오폴디네를 방바닥에다 내동댕이치겠

다는 듯이 그녀를 향해 주먹을 쥐어 올리고 심한 욕을 해야 마땅했다. 그런데 입 밖으로 한마디도 나가지 못한 채 혀끝에서 녹아버렸다. 그리고 그의 손은 아래로 축 늘어졌다. 자신을 팔 각오가 돼 있었음을 갑자기 깨달았기 때문이다. 전에는 상상도 하지 못했던 일이었다. 벼랑 끝에 몰린 자기를 구해줄 돈만 준다면 레오폴디네가 아닌 다른 여자, 세상 아무 여자에게나 기꺼이 자신을 팔았을 것이다. 그리고 이 못돼먹은 여자가 잔인하고 심술궂게 그를 희롱했지만, 빌리는 마음속 깊이 그녀의 행동이 정당하다고 느끼기 시작했다. 즉, 그로 하여금 견딜 수 없는 모멸감을 겪게 하고 그의 본성을 드러나게 만든, 거역할 길 없는 정당성을 느꼈다. 물론 그의 가슴 한편에선 절대 그렇지 않다고 강하게 부인하는 마음이 꿈틀댔다.

고개를 들어 방 안을 둘러보았다. 마치 어수선하고 혼란스러운 꿈을 꾸다 깨어난 느낌이었다. 레오폴디네의 모습은 보이지 않았다. 그는 아무 말도 꺼내지 못했는데…… 그녀는 벌써 사라졌다. 어떻게 그리도 빨리 살그머니 사라졌는지 그는 이해할 수 없었다. 여전히 손 안에 쥐고 있는 구겨진 지폐가 느껴졌다. 창가로 다가간 빌리는 여자에게 1천 굴덴 지폐를 내던질 기세로 창문을 활짝 열어젖혔다. 여자가 걸어가는 모습이 보였다. 여자를 부르려 했지만, 너무 멀었다. 여자는 부대 담벼락을 따라 경쾌한 발걸음으로 걸어가고 있었다. 좌우로 가볍게 흔들리는 피렌체 스타일 모자에, 손에는 양산을 든 그녀는 밤새 연인과 사랑을 나누고 나오는 여자처럼 걸어갔다. 그녀는 분명 수많은 남자와 밤새 사랑을 나누고 저렇게 걸어 나갔을 것이다. 여자가 부대 정문에 도착했다. 그녀를 부대에 찾아온 중요 손님으로 착각한 듯 정문에 선 위병이 깍듯하게 경례를 붙였으며, 그녀는 그렇게 부대 정문을 빠져나갔다.

창문을 닫고 돌아선 빌리는 흐트러진 침대와 먹다 남은 음식이 있는 테이블, 빈병과 빈 잔을 내려다보았다. 자기도 모르게 손을 펼친 빌리. 쥐고 있던 지폐가 손에서 미끄러져 방바닥에 떨어졌다. 그는 서랍장 위쪽 벽에 걸린 거울에 비친 자기 모습을 바라보았다. 헝클어진 머리카락, 눈 밑에 선명한 다크서클을 보며 몸을 떨었다. 아직도 잠옷을 입고 있는 자기 꼴이 역겨웠다. 벽에 걸린 장교 제복 재킷을 입은 뒤 단추를 채우고 옷깃을 세운 그는 아무 생각 없이 방 안을 오락가락했다. 그러다 서랍장 앞에 멈춰 서서 가운데 서랍을 열었다. 그는 서랍 안 손수건 사이에 권총이 있음을 알고 있었다. 그렇다. 빌리는 마지막 순간에 와 있다. 어쩌면 지금은 위기를 극복했을지 모를 보그너와 똑같은 상황이 되었다. 보그너는 아직도 기적이 일어나길 기대하고 있을까? 어쨌거나 빌리는 동료를 위해 최선을 다했다. 아니, 그 이상을 했다. 빌리는 오로지 옛 동료 보그너 때문에 노름판에 앉았으며, 오직 보그너 때문에 목숨을 건 모험을 하다가 희생양이 되었다는 생각이 들었다.

어젯밤에 먹다 남은 케이크 조각이 담긴 쟁반 위에

방금 손에서 떨어진 1천 굴덴짜리 지폐가 있었다. 지금은 그렇게 심하게 구겨져 보이진 않았다. 지폐는 서서히 펴지기 시작했다. 시간이 조금 지나면 다른 반듯한 종이처럼 판판하게 펴질 것이다. 그리고 이 돈이 죄악의 대가라거나 수치스러운 돈이라고 말하는 사람은 없을 것이다. 어쨌거나 이젠 빌리의 돈이다. 그의 유산이 될 것이다. 빌리의 입가에 씁쓰름한 미소가 번졌다. 주고 싶은 사람이나 돈을 받을 권리가 있다고 주장하는 사람에게 물려주어도 되는 돈이다. 보그너가 누구보다 유력하다. 빌리는 자기도 모르게 큰 소리로 웃었다. 훌륭하군! 그렇다. 어쨌거나 보그너 문제는 책임지고 수습하고 싶었다. 빌리는 보그너가 아직 스스로 목숨을 끊지 않았기를 바랐다. 보그너에겐 기적이 일어났으니까! 보그너는 이제 기다리기만 하면 된다.

당번병 요제프가 어디 갔지? 오늘 야외 군사 훈련이 있다는 얘길 들은 게 기억났다. 새벽 세 시 정각에 출동 준비를 마쳐야 했지만 벌써 네 시 반이었다. 부대원들은 이미 멀리 나갔을 것이다. 바깥 소리를 전혀 듣지 못할 정도로 깊은 잠에 빠졌었나 보다. 방문을 여니 당번병이 작은 쇠 난로 옆 의자에 앉아 있다가 벌떡 일어섰다.

"보고드리겠습니다. 소위님이 아프시다고 보고했습니다."

"아프다니? 누가 너에게 그러라고…… 아하."

레오폴디네! 차라리 빌리가 죽었다고 보고하게 하지. 그게 더 간단했을 텐데…….

"알았다. 커피나 한잔 줘." 빌리는 그렇게 말하고 나서 방문을 닫았다.

보그너의 명함이 어디 있더라? 그는 보그너가 두고 간 명함을 찾았다. 서랍이란 서랍을 다 열어보고 방바닥과 방구석을 샅샅이 뒤졌다. 마치 거기에 자신의 목숨이 달리기라도 한 듯 필사적으로 명함을 찾았다. 그런데 없었다. 어디에도 명함이 보이지 않았다. 이러면 안 되잖아. 이러면 보그너도 운이 없는 건 마찬가지 아냐. 두 사람이 똑같은 운명을 맞이하게 되는 거야……. 그 순간, 벽난로 벽감 속에 하얀 뭔가가 눈에 띄었다. 보그너의 주소가 있는 명함이었다. '피아리스텐가제 20번지' 부대에서 멀지 않은 곳이었다. 멀다고 한들 지금 그게 중요한가! 운이 참 좋은 친구야, 보그너. 이 명함을 찾지 못했으면 어쩔 뻔했어?

빌리는 지폐를 집어 들고 한동안 멍하니 쳐다보았다. 그는 돈을 반으로 접어 하얀 종이로 쌌다. 보그너에게 하고 싶은 말을 몇 줄 쓸까 생각하던 빌리는 어깨를 으쓱했다. 쓸데없는 짓 아닐까? 그러고는 봉투에 주소만 적었다. 오토 폰 보그너 중위. 중위! 그랬다. 빌리는 자기 재량으로 보그너에게 군인 시절의 직위를 다시 부여했다. 무슨 짓을 했건 상관없이 한번 장교는 영원한 장교이다. 어쩌면 빚을 갚고 나서 장교로 복직할지도 모를 일이다.

그는 당번병을 불러 보그너에게 봉투를 가져다주라고 명령했다. "얼른 가라."

"회답을 받아올까요, 소위님?"

"아니다. 보그녀에게 직접 전해 주고 회답은 받아올 필요 없어. 그리고 다녀와서 무슨 일이 있어도 나를 깨우지 마라. 내가 알아서 깰 때까지 그냥 자게 둬."

"잘 알겠습니다, 소위님."

당번병이 군화 뒤꿈치를 딱 부딪치며 경례를 한 뒤 돌아서서 황급히 방을 나갔다. 계단을 내려가던 당번병은 소위의 방문 열쇠가 돌아가는 소리를 들었다.

15장

세 시간이 지나 당번실 벨이 울렸다. 한참 전에 돌아와 꾸벅꾸벅 졸고 있던 당번병 요제프가 깜짝 놀라 일어나 문을 열었다. 소위의 명령으로 세 시간 전에 봉투를 전달했던 보그너가 문 앞에 서 있었다.

"소위님 방에 계신가?"

"네, 그런데 아직 주무십니다."

보그너가 시계를 들여다보았다. 보그너는 회계 감사가 무사히 끝나자 자신을 구해 준 빌리에게 감사 인사를 하러 시간을 내서 달려왔다. 잠시도 머뭇거릴 일이 아니었으니까. 마음이 급한지 보그너는 비좁은 당번실 안을 계속 오락가락했다.

"소위님이 오늘 비번인가?"

"소위님이 몸이 좋지 않으십니다."

잠시 후, 열린 당번실 문으로 군의관 투구트가 들어오더니 당번병에게 물었다.

"여기가 카스다 소위 방인가?"

"네, 그렇습니다, 군의관님."

"소위와 얘기 좀 해도 되겠지?"

"군의관님, 소위님이 몸이 좋지 않으신 데다 아직 일어나지 않았습니다."

"방에 들어가서 소위에게 투구트 군의관이 왔다고 전하게."

"죄송합니다, 군의관님. 소위님이 깨우지 말라고 명령하셨습니다."

"급한 일이다. 소위를 어서 깨워. 내가 책임진다."

요제프가 머뭇머뭇 방문을 두드리는 동안 투구트 군의관은 옆에 선 민간복 차림의 남자를 미심쩍은 눈으로 살폈다. 보그녀가 군의관에게 자신을 소개했다. 군의관은 불미스러운 일로 군복을 벗은 장교의 이름을 익히 알고 있었지만 알은체하지 않고 자기소개만 했다. 둘은 악수도 하지 않았다.

카스다 소위의 방에선 아무 소리도 들리지 않았다. 다시 방문을 세게 두드리고 난 요제프는 문에 귀를 대고 방 안의 기척을 들으려 했으나 아무 소리도 없자 어깨만 으쓱했다. 요제프는 본인의 마음을 진정시키려는 듯 "소위님은 늘 곤히 주무십니다"라고 말했다.

보그녀와 투구트는 초면이었지만 서로 얼굴을 몇 번 마주치면서 서먹서먹한 분위기는 가라앉는 듯했다. 군의관이 방문으로 다가가 카스다를 불렀다. 역시 아무 대답도 없었다.

"이상하군." 투구트가 이마를 찌푸리며 그렇게 말하더니 방문 손잡이를 돌렸다. 문이 잠겨 있었다.

당번병 요제프가 얼굴이 창백해지면서 눈이 휘둥그레졌다.

"가서 열쇠공을 데려와라. 어서!" 투구트가 당번병에게 명령했다.

"명령대로 하겠습니다, 군의관님."

보그너와 군의관 투구트만 남았다.

"이해할 수 없습니다." 보그너가 입을 열었다.

"폰 보그너 씨, 당신은 뭔가 알지요?" 투구트가 물었다.

"빌리가 노름빚을 진 일을 말씀하시는 건가요, 군의관님?" 그리고 투구트가 고개를 끄덕이자 "물론입니다"라고 대답했다.

"그 일이 어떻게 됐는지 궁금하군요." 투구트도 우물쭈물하기 시작했다.

"저도 아는 게 없습니다." 보그너가 대꾸했다.

다시 방문으로 다가간 투구트가 방문을 흔들면서 카스다의 이름을 외쳤다. 여전히 인기척이 나지 않았다.

창밖을 내다보던 보그너가 말했다. "요제프가 열쇠공을 데리고 옵니다."

"당신은 빌리의 동료 장교였나요?" 투구크가 물었다.

입언저리를 실룩이면서 보그너가 대답했다. "군의관

님이 생각하는 사람이 바로 접니다."

투구트는 보그너의 대답에 별다른 반응도 보이지 않고 말을 이었다.

"크게 흥분하고 난 이후에 종종 일어나는 일입니다. 내 생각엔 카스다 소위가 간밤에 잠을 못 잔 것 같군요."

그러자 보그너가 사실대로 털어놓았다. "사실 어제 오전에 만났는데 돈을 마련하지 못했다고 했습니다."

투구트는 어쩌면 보그너가 돈을 가져왔을지 모른다는 생각이 들면서 반가운 표정으로 보그너를 쳐다보았다. 하지만 보그너는 "유감스럽게도 저 역시…… 돈을 마련하지 못했습니다"라고 말했다.

요제프가 열쇠공과 함께 나타났다. 방문을 여는 데 필요한 장비를 들고 연대 군복 차림으로 나타난 젊은 열쇠공은 얼굴이 불그레하고 살집이 좋아 보였다. 투구트가 마지막으로 다시 한번 방문을 힘껏 두들겼다. 다들 숨죽이며 기다렸으나 역시 아무 소리도 들리지 않았다.

"어쩔 수 없군." 투구트가 열쇠공에게 손짓으로 명령을 내리자 즉각 문을 열기 시작했다. 문을 따는 일은 어렵지 않아 불과 몇 초 만에 방문이 열렸다.

빌리 카스다 소위는 군복 재킷을 입고 옷깃을 세운 채 창문을 향해 놓인 검정색 가죽 소파에 비스듬히 누워 있었다. 가슴을 향해 고개를 떨구고 눈은 반쯤 감겨 있었으며 오른팔이 소파 아래로 축 늘어져 있었다. 그리고 방바닥에는 권총이 놓여 있었다. 관자놀이에서 검붉은 핏줄기가 뺨을 타고 흘러내려 목과 옷깃 사이로 비집고 들어갔다. 비록 최악의 상황을 예상은 했었지만 다들 깊은 충격에 빠졌다. 군의관 투구트가 가장 먼저 가까이 다가가 빌리를 살폈다. 군의관은 빌리의 늘어진 팔을 들었다가 다시 내려놓았다. 그러자 빌리의 팔이 조금 전과 마찬가지로 소파 밑으로 힘없이 늘어졌다. 그리고 이젠 비록 불필요한 일이겠지만 투구트가 카스다의 군복 재킷 단추를 풀었다. 단추를 풀자 쭈글쭈글한 잠옷을 걸친 맨가슴이 드러났다. 보그너가 몸을 굽혀 권총을 잡으려 하자 빌리의 가슴에 귀를 대고 있던 투구트가 외쳤다.

"만지지 마시오! 아무것도 건드려선 안 돼."

요제프와 열쇠공은 몸이 얼어붙은 듯 꼼짝 못 하고 방문 앞에 서 있었다. 열쇠공은 어깨를 들썩이며 마치 본인이 문을 여는 바람에 끔찍한 사태가 일어나기라도 한 듯 겁먹은 표정으로 요제프를 바라보았다.

아래층에서 위로 올라오는 발걸음 소리가 들렸다. 처음엔 느린 걸음이더니 점점 빨라지다가 발걸음이 멈추었다. 보그너의 시선이 방문 밖을 향했다. 웬 노인이 당번실 문 앞에 서 있었다. 낡은 밝은색 여름 정장 차림의 노인은 기분이 언짢은 사람 연기를 하는 배우 같은 표정으로 머뭇머뭇 방 안을 살폈다.

"빌람 씨." 보그너가 노인의 이름을 불렀다. 그러고는 시신을 살피다가 몸을 일으킨 군의관에게 작은 소리로 말했다. "빌리의 외삼촌입니다."

방 안에서 일어난 사태를 얼른 파악하지 못한 로베르트 빌람은 팔을 늘어뜨린 채 소파에 누워 있는 조카에게 다가가려 했다. 곧이어 끔찍한 일이 발생했음을 직감한 외삼촌은 도무지 믿을 수 없었다. 빌람이 가까이 다가오지 못하게 하고 난 군의관이 그의 팔을 잡고서 사실을 알렸다.

"안타깝게도 불행한 일이 발생했습니다. 너무 늦었습니다."

빌람이 이해할 수 없다는 표정으로 군의관을 쳐다보자 투구트는 "연대 군의관 투구트입니다. 몇 시간 전에 일이 벌어졌습니다"라고 설명했다.

그런데 로베르트 빌람이 오른손으로 양복 안주머니를 뒤지더니 봉투 하나를 꺼내 들고서 흔들어댔다. 빌람의 그런 행동은 다른 사람들에게 무척이나 이상하게 보였다. 빌람이 외쳤다.

"빌리야, 내가 이걸 가져왔다!"

빌람은 그 봉투로 조카를 살려낼 수 있다고 믿는 듯했다.

"빌리, 여기 돈이 있다. 그 여자가 오늘 아침에 나에게 이걸 주더구나. 1만 1천 굴덴이다. 빌리야, 여기 1만 1천 굴덴이 있다!"

빌람은 다른 사람들을 향해서도 맹세한다는 듯이 외쳤다.

"여러분, 돈을 전부 가져왔어요. 1만 1천 굴덴입니다!"

돈을 다 가져왔으니 죽은 조카를 살려달라고 애원하

는 표정이었다.

군의관이 빌람에게 "안타깝게도 너무 늦었네요"라고 말했다. 보그녀에게 "저는 상부에 보고 하러 갑니다"라고 말한 군의관은 "시신은 건드리지 말고 이대로 두어야 합니다"라고 명령했다. 그리고 당번병을 향해 엄한 목소리로 다시 명령했다. "아무도 시신에 손대지 못하게 네가 책임지고 곁을 지켜라."

군의관은 방을 나가기 전 다시 뒤돌아서더니 보그녀와 악수를 했다.

보그녀는 갑자기 궁금해졌다. 그럼 나에게 보낸 1천 굴덴은 어디서 난 걸까? 보그녀의 눈길이 소파 옆으로 옮겨진 테이블 위로 향했다. 그는 접시와 술잔들 그리고 빈병을 발견했다. 술잔이 두 개라……? 간밤에 이 방으로 여자를 들였나?

죽은 상관의 시신이 있는 소파 옆으로 간 요제프는 경비병같이 절도 있는 태도로 부동자세를 취했다. 그런데 여전히 한 손에 돈 봉투를 움켜쥔 로베르트 빌람이 두 팔을 허우적거리면서 시신 가까이 다가왔다. 요제프는 그를 만류하지 못했다.

"빌리!" 빌람은 몹시 애통해하며 조카의 이름을 외쳤다. 죽은 조카에게 바짝 다가가 무릎을 꿇은 빌람은 빌리의 맨가슴과 구겨진 잠옷에서 나는 친근한 냄새를 맡았다. 그는 그 냄새를 깊이 들이마시더니 한 가지 물어볼 게 있다는 듯 조카의 얼굴을 올려다보았다.

훈련을 마치고 귀대하는 부대원들의 규칙적인 발걸음

소리가 연병장에 울렸다. 보그녀는 예전 동료 장교들과 마주치기 전에 방을 나가고 싶은 마음이 굴뚝같았다. 어차피 여기에서 할 일도 없다는 생각이 들었다. 보그녀는 아무런 움직임 없이 소파에 늘어져 있는 시신을 마지막으로 한 번 보고 나서 열쇠공을 따라 서둘러 계단을 내려왔다. 부대 정문에 가까이 간 보그녀는 부대원들이 모두 지나갈 때까지 기다렸다가 벽에 바짝 붙어 살금살금 부대를 빠져나왔다.

시신 앞에 무릎을 꿇고 앉아 있던 로베르트 빌람이 방 안을 둘러보았다. 먹다 남은 음식과 접시, 빈 병, 유리잔들이 있는 테이블만 보였다. 술잔 하나에 노란색 액체가 남아 있는 걸 발견한 빌람이 당번병에게 물었다.

"어젯밤에 소위를 찾아온 손님이 있었나요?"

밖에서 사람들이 왁자지껄 떠들며 걸어오는 소리가 들렸다. 로베르트 빌람이 자리에서 일어섰다.

"있었습니다." 변함없이 경비병처럼 꼼짝 않고 부동자세로 선 요제프가 대답했다. "친구인 듯 보이는 신사분이 오셔서 밤늦게까지 있었습니다."

뭔가 수상쩍다는 느낌을 받았던 빌람은 당번병 요제프의 말에 의심이 말끔하게 사라졌다.

여러 사람이 떠드는 소리와 발걸음 소리가 가까이에서 들렸다.

요제프는 더 꼿꼿하게 부동자세를 취했다. 카스다 소위 사망 사건을 조사할 사람들이 방에 들어왔다.

작품 소개

　『한밤의 도박』은 한순간에 자존심과 명예를 잃고 나락으로 떨어진 젊은 장교의 마지막 이틀을 담은 이야기이다. 20세기 사상사에 큰 영향을 끼친 것으로 평가받는 동시대 심리학자 지그문트 프로이트의 영향을 많이 받은 작가 아르투어 슈니츨러, 그는 자신이 쓴 다른 작품 속 중심인물들과 마찬가지로 불합리하게 이루어지는 인간의 행동과 그러한 행동을 유발하는 마음 깊숙한 곳에 숨은 무의식의 세계를 이 소설에서도 잘 보여준다.

　예술 작품의 영원한 테마인 에로스(삶의 본능)와 타나토스(죽음의 본능)가 긴밀하게 상호작용을 하는 가운데 주인공 카스다 소위가 에로스과 타나토스를 넘나들고, 결국엔 타나토스가 에로스를 압도하며 끝을 맺는 작품이라고 할 수 있다.

　돈과 도박의 파괴적인 위력과 연애담이 이야기의 중

심에 있으며, 세상의 겉모습과 그 뒤에 숨겨진 삶의 괴리를 인상 깊게 보여준 이 작품엔 작가 특유의 서술 방식이 돋보인다. 작가는 3인칭 시점에서 이야기를 전개하지만, 전지적 서술자 시점이 아닌 주인공 주관적 시점을 주로 이용했으며, 여기에다 내적 독백 형식을 이용했다. 그렇게 함으로써 독자로 하여금 주인공 카스다 소위의 느낌과 생각을 직접 들여다볼 수 있게 했다. 한편 그의 불안정한 모습과 갈피를 못 잡고 실수를 크게 하는 장면 등은 이야기를 들려주는 형식으로 묘사했다. 장편소설과 달리 이야기 전개가 빠른 점도 이 작품의 특징이다.

육군사관학교를 졸업한 엘리트 장교, 그는 중령 계급으로 복무 중 사망한 아버지와 육군 중장을 지낸 할아버지의 영향으로 군대라는 영역 안에서 군인으로서의 명예만을 알고 살아왔다. 명예와 체면 그리고 원칙적인 절차를 중히 여기는 주인공 카스다 소위의 성격이나 성향은 이 작품의 초반부터 나타나며, 작품이 끝나는 순간까지 이어진다.

소위는 명함을 보고 나서 이불 위로 내던졌다. 그리고 명함을 다시 내려다보더니 헝클어진 짧은 금발을 손가락으로 어루만지면서 생각했다. 이 친구를 그냥 돌려보낼까? 아냐, 그건 안돼! 그럴 이유는 없지. 들어오라고 한다고 해서 내가 이 사람과 친한 사이라는 얘긴 아니잖아.

게다가, 빚이 많다는 이유만으로 전역하게 된 동료인데. 다른 장교들은 운이 좋아서 부대에 남아 있을 뿐이지. 그런데 나를 보자는 이유가 뭘까? 잠시 입을 다물고 있던 빌헬름이 침대에서 자세를 바로잡으면서 말했다. "들어오시라고 해. 그런데, 그분, 중위님에게 내가 아직 옷을 제대로 입지 못했으니 양해 바란다고 말씀드려." 당번병 요제프가 방문을 닫고 나가자 빌헬름은 황급히 셔츠를 입고 빗으로 머리를 가다듬고는 창가로 갔다. (7쪽)

그는 군복 상태가 너무나 맘에 들지 않았다. 오늘 카드 게임에서 돈을 따면 제복 재킷부터 새로 마련해야겠다고 마음먹었다. (19쪽)

주머니 사정이 좋지는 않지만, 이따금 카드 게임이 벌어지는 카페에 들러 재미 삼아 카드 게임을 하면서 주말 시간을 보내는 카스다 소위에게 의지할 혈육은 외삼촌 한 사람뿐이다. 부모가 세상을 떠난 후 외삼촌으로부터 경제적 지원을 받았지만, 어느 날부터 외삼촌의 지원도 끊긴다. 형편이 어려워지면서 아가씨들과 저녁 식사 한 번 하는 일도 점점 부담스러워진다. 혼자서 근검절약하며 사는 수밖에 없는 빈한한 생활의 연속이지만, 사관학교를 졸업한 장교로서 자부심만은 누구 못지않다.

하지만 이야기가 어느 날 새벽, 빈 소재 군부대 내에 있는 카스다 소위의 작은 방에서 시작되어 이틀 후 새벽 시간에 동일한 장소에서 끝난다는 점은 젊은 장교의 제한적인 생활 영역과 좁은 시야를 상징적으로 반영한다. 마치 단순하면서도 벗어날 길이 없는 미로를 맴돌며 방황하는 모습이다. 이틀간의 여정만 보아도 그렇다. 막상 주말을 즐기기 위해 부대 밖으로 나왔지만 갈 곳이라곤 우연히 알게 된 케스너 씨 가족의 집과 도박판이 벌어진 카페뿐이다. 그나마 케스너 씨 가족에게 크게 환영받지도 못하는 처지로 결국 도박판에 가서 늦은 밤까지 카드 게임을 한다.

그는 상습적으로 도박에 몰두하지는 않았으며 도박 중독자도 아니었다. 소액으로 베팅하면서 게임을 즐길 뿐이다. 카드 게임판에서 절제력을 발휘하는 자신에 대해 나름의 자긍심도 있다. 그러던 어느 휴일 아침, 도박판에서 큰돈을 잃고 군대에서 불명예 전역한 옛 동료가 그를 찾아온다. 죽음의 전령사였다. 군에서 퇴출당한 후 직장을 구한 그는 회사 공금에 손을 댔다면서 카스다 소위에게 돈을 빌려달라고 사정한다. 자신조차 넉넉지 못한 형편이지만 쉽게 거절하지 못하는 카스다 소위, 결국 얼마 안 되는 돈을 밑천 삼아 도박판에 가서 돈을 딴 뒤 그중 1천 굴덴을 빌려주겠노라 다짐한다. 하지만 독자가 앞서 보았듯 일은 순탄하게 풀리지 않고, 결국 카스다 소위는 극단에 내몰리며 목숨을 끊게 된다.

앞길이 창창한 엘리트 장교를 죽음으로 몰고 간 이 게임은 무엇일까? 최근엔 카지노는 물론 온라인상으로도 가능하여 사회적으로 물의를 일으키기도 하는 '바카라' 게임의 원조격인 '마카오Macao'라는 게임이다. 슈니츨러는 『한밤의 도박』에서 편의상 '바카라'라고 설명했지만, 요즘의 바카라와는 게임 룰이 조금 다르다.

마카오 게임은 헝가리 혹은 이탈리아에서 유래한 게임으로 알려졌으며 18세기 중반부터 유럽의 여러 나라에서 유행했다. 특히 19세기에 오스트리아-헝가리 제국의 군인들이 즐겼다고 한다. 오스트리아-헝가리 제국에서 태어나 군대에서 군의관으로 있었던 작가 슈니츨러는 『한밤의 도박』에 군 장교들을 여럿 등장시켜 그 당시 군인들 오락 문화의 한 단면을 생생하게 보여주었다. 마카오는 운에 맡기고 승부를 거는 게임인 데다 규칙이 단순하여 누구나 쉽게 할 수 있고 중독성이 높아 후일 군대 내에서 금지 명령이 내려졌다고 한다.

게임의 룰은 대단히 간단하다. 먼저 참가자들이 판돈을 건다. 딜러 역할을 맡은 사람이 카드를 한 장씩 나누어준다. 그리고 가장 높은 숫자의 카드를 받은 사람이 판돈을 전부 다 가져간다. 숫자 9 카드를 받은 사람이 가장 유리하며, 숫자 9가 나오지 않으면 숫자 8을 받은 사람이 이기는 방식이다. 참가자가 원하면 카드 한 장을 더 받아 먼저 받은 카드의 숫자와 합하여 끝자리를 확인하면 된다.

도박을 소재로 한 스토리는 작가의 여러 작품에서 볼

수 있다. 『카사노바의 귀향*Casanovas Heimfahrt*』, 『엘제 양*Fräulein Else*』에서도 도박과 관련된 에피소드가 자주 등장한다. 작가 자신이 부유한 집안에서 태어나 의사와 작가로 성공했지만, 도박으로 여러 차례 어려움을 겪었으며 이러한 체험이 그의 여러 작품에 고스란히 옮겨졌다.

『한밤의 도박』은 독일 베를린에서 발행되던 화보 신문인 「베를리너 일루스트리어테 차이퉁*Berliner Illustrierte Zeitung*」에 1926년 말에서 1927년 초까지 연재되었다. 슈니츨러가 19세기 후반을 배경으로 이 작품을 쓴 것으로 알려져 있다. 등장인물들이 카드 게임을 하면서 굴덴 Gulden이라는 화폐를 사용하는데, 굴덴은 오스트리아-헝가리 제국에서 1900년까지만 사용된 화폐이며, 1892년에 이미 오스트리아-헝가리 제국의 통용 화폐는 크로네Krone로 교체되었다.

작가는 1900년에 이른바 '장교 소설'의 첫 번째 작품으로 알려진 『구스틀 소위*Lieutenant Gustl*』를 출간한 지 27년 만에 두 번째 장교 소설 『한밤의 도박』을 발표했다. 『구스틀 소위』의 등장인물들과 기본 테마를 변경하거나 현실에 맞게 바꾼 이 작품의 완성을 위해 슈니츨러는 10년간 공을 들였다고 알려져 있다. 작가는 1916년에 초안을 완성했으며, 1923년 '빚을 갚다'라는 가제목을 붙여 원고를 수정했다. 작가는 특히 작품의 마지막 부분을 두고 고심을 많이 했으며 그래서 퇴고가 많이 지연되어, 1926년 11월 말에 이르러서야 원고가 완성되었다. 그리고 1926년 12월 5일부터 1927년 1월 9일까지 『한밤의 도박』이라는 제목으로 신문에 연재되기에 이른다. 1927년에 책으로 출간된 이 작품은 출간 첫해에 25쇄를 인쇄했다고 한다.

이 소설은 1931년 미국 할리우드에서 《새벽*Daybreak*》라는 제목으로 영화화되었으며, 1974년 프랑스에서 영화 《마지막 카드 놀이*La dernière carte*》로 만들어졌고, 2001년에는 오스트리아에서 《한밤의 도박*Spiel im Morgengrauen*》이라는 제목의 영화로 제작되었다.

이 책은 2012년에 독일 dtv출판사에서 출간한 『Spiel im Morgengrauen』을 원전으로 삼아 번역했다.

옮긴이 남기철